imaginist

想象另一种可能

理想
国
imaginist

东京八平米

［日］吉井忍 著

上海三联书店

建于昭和时代的木造房。一楼房客喜欢养植物，在梅雨季会送我几朵紫阳花。（都筑响一摄影）

门口特别窄，背着登山包进出时在这里卡住过好几次。（都筑响一摄影）

这个楼梯确实会响。我出门或回来，一楼和隔壁的房客都会听到。（都筑响一摄影）

中间是八平米的工作墙，右上方挂着朋友的摄影作品，海参崴的海边风景。（都筑响一摄影）

海参崴的海边风景，咖喱店同事的作品。

都筑先生来到八平米进行拍摄时，是疫情前的某个晚秋。

他说拍摄前别整理房间，我傻傻地听了他的话，这就是我的生活实景。（都筑响一摄影）

月休　大黒湯　16〜23h
　　　高砂湯　15〜24h30
水休　昭和浴場　15h30〜25h
土休　クラブ湯　15〜24h30
　　　千代の湯　16〜24h
　　　照の湯　15h30〜24h

友好訪問
写真の向き
注意
少不入川,
老不出蜀

目录

身处八平米

走出八平米

东京与八平米

自 序　　　　　　　　　　　　　　回到八平米

　　小时候我喜欢一个人玩，玩法无穷，不管是在家里还是在外面，总觉得身边有意思的东西挺多的，可以忘我地沉浸在自己的世界里。上了幼儿园的第二年，父母给我一个单独的小房间，手头的书都看完了，玩偶也玩了许久，就在自己的小房间里把看完的书反复翻阅、玩过家家，都不觉得腻。母亲开始有点担心，便定了一个规矩，除非下雨，白天不许在家看书，尽量去外面找朋友一起玩。我也理解她的用心，后来到了初高中及大学阶段我都选择了体育系的社团，多多少少应该和幼时的这个"规矩"有关。如果一直留在自己的世界里，我会感到有些心虚。

　　从疫情前的几年，我开始住在东京八平米的小房间，感觉回到儿时的世界，只是没有了当时的"背德感"。一个人玩也没人说我，忙着做家务、工作、做菜吃饭、练体操或听音乐，可谓真实版"过家家"，不知不觉一两天就轻松过去了。不过不出门的独处时间，若超过两天还是会有点问题，因为我的房间并没有洗澡间。

在八平米的这个房间里，洗澡间、冰箱或洗衣机，这些家里该有的东西，我都不能拥有。但这种小面积和不便，换来的"财富"也有不少。很多年前看过森茉莉的《奢侈贫穷》，书中"精神贵族"这种自我认定我倒是没有，但她的生活方式散发出来的舒适感，我蛮欣赏的，相信在现代城市里生活的我们也可以得到这种舒适感。

本书介绍了在八平米房间里的日常，比如购物、烹饪、爱好等各方面的实际情况，也自然写到了这几年在东京生活遇到的人和风景。希望本书能为大家提供因各种原因选择"蜗居"时的一些参考案例，大家也可以把它当作在东京不花钱深度探索的指南书。

作为自由撰稿人，我知道一个人被呈现的方式非常多样，并不单一：按照信息的选择和故事的讲述方式，可以把同一个人的经历写得非常精彩，充满阳光，像是在温室长大的快乐无忧的人，也可以写成是吃苦耐劳、从社会底层打拼出来的强者。其实人们的生活也是如此，本书中我尽量把这两面性都写了出来。这几年各种因素导致整个社会和价值观急剧变化，变成我们从未想象过的样子，在这种快速反转的世界里，只呈现某一面的自己也有点不诚恳。

我相信，每个人都有自己的"八平米"，以及对其的定义，它不指实际面积，而是指心中的某一块地方。也许八平米在别人眼里是畸形状态，但它能够让你活在自己的世界里。它也许是某个地方或某个人，在那里你不用伪装，可以好好地面对自我，尽可能地去享受当下。

真心期待我们可以再次当面交流的时机。我也很想听听大家心中"八平米"的故事。

这是我在"理想国"出版的第三本书，感谢刘瑞琳女士多年来的支持。谢谢黄平丽女士和黄盼盼女士的悉心编辑。感谢陆智昌先生的装帧设计，近十年来始终与您合作，是我的荣幸。最后借此机会感谢中国朋友 S 和 Q 无私的友谊。

2022 年 9 月于东京

吉井忍

身处八平米

八平米经济学

我现在所住的"四畳半"（yojōhan），是一个相当于四个半榻榻米面积的房间，约有八平米。日式草垫"畳"（发音为 tatami/ 榻榻米）旧称为"叠席"，是传统日本和室里供人坐或卧的一种家具，一畳（或一帖）尺寸相当于 180×90cm，约有 1.62m²，用房间里所能铺上榻榻米的张数即可计算出房间的面积。至今日本人描述房间的大小还是习惯用"畳"（或"帖"），但房间本身不一定是和风风格，只是这样比较好把握空间大小而已。

四畳半本来是日本的建筑中最为标准化且最小的居住单位，传统建筑中的茶室规格也是四畳半，因此我能理解有些日本朋友问我是不是极简主义者。四畳半能够成为茶室那种高尚美学的舞台，也可以成为收入拮据的学生和庶民所生活的空间，这说明四畳半拥有多种可能性，在现代都市中呈现出另一种生活方式的样貌。

日本国土交通省曾经计算出一个"最低居住面积水准"，按这个标准，为了享受"健康而有文化水平的生活"，单身者要住在 $25m^2$ 以上的房间，两个人的标准是 $30m^2$。我怀疑这个标准有点太高，有时候我去外地住酒店，$22m^2$ 的单人间都觉得非常大，若天天住在 $25m^2$ 以上的房间，肯定会产生一些不安之感。不过，大部分日本人对"四畳半"的居民有种一致的看法：收入不多、生活较拮据的单身人士，为自己的梦想或人生目标在打拼。换句话来说，这么小的房间不宜久留，工作赚了钱之后得尽早离开。

我刚搬进来的时候，房东无意中跟我说了一句话，也证明了这种普遍的想法。那天我出门时不小心忘了带钥匙，门被反锁了，我向中介求助，房东接到中介的电话后很快便赶到我的房间。因为我是通过中介签约的这间房子，此前没见过这位年近七十的房东。她是一位穿着黑色连衣裙，非常友善也喜欢聊天的老太太。我向她道歉说不好意思麻烦她跑一趟，她挥挥手说没关系，还把手里的塑料袋递给我，说

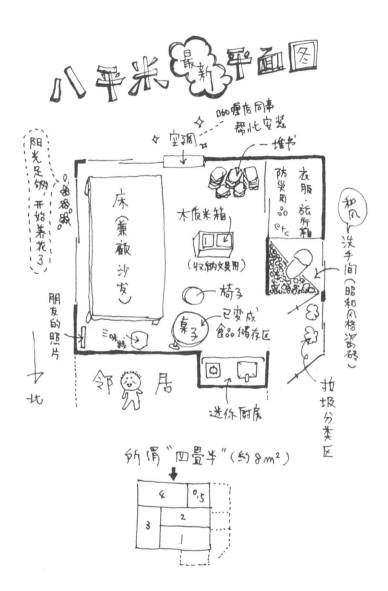

八平米说明图（作者手绘）

道："好好努力哈。听中介跟我讲的，你是做翻译的？（对此好像有些误会，但我并没有纠正）好厉害，你可不是住这种地方的人哪！"我向她道谢，她为我加加油，匆忙要走，离开之际还劝我早点结婚。我笑着跟她道别，回到房间打开塑料袋一看，里面有两个大袋装的仙贝（senbei/日本传统米果），一个是甜味的，另一个是披萨口味的，咸甜适宜。我发现离婚之后有个好处，你再也不会对婚姻这件事抱有幻想或憧憬，所谓别人家的幸福也不会让你心中泛起涟漪，面对他人这种善意的话，更能以微笑敷衍了事。

总之，到目前我还没有要急着离开"这种地方"，也不打算买房，因为实际居住的感受并没有那么悲惨，极小的面积虽然会带来不便，但它的好处也不胜枚举。

首先从经济方面来看，一个月的房租加上水电费大约三万日元，约合人民币不到两千元，这带给我很大的经济上的自由，也很适合自己的生活方式。我喜欢到处旅游，也喜欢看展览，有时候一出门就四五天或一两周，不在东京的时间等于是为闲置的房子烧钱，租特别

这个咖啡桌，写稿的时候可以坐上椅子，也可以站着打字，电脑下面垫几本书调整高度即可。偶尔换一下姿态感觉对腰椎会比较好。（都筑响一摄影）

上图为刚搬进来时的样子，还没买床，榻榻米上直接铺了一块布就睡。也没有准备大型家具，房间显得更明亮一些。后来买了张单人床，占了接近房间一半的面积。

夏季感觉厨房总会少了点东西，主要是因为没有冰箱，不能存太多食物。下图的猫咪造型是母亲给我买的笔袋，它的表情有点像我曾经在北京养过的一只猫。

好的房子反而有点浪费，所以我宁可住小一点、便宜一点的房子。

　　为房子花的钱少，意味着你每月不需要工作太久，自由时间比较多。自从住进八平米的小房间，我去参观美术展览和看电影的次数明显比过去多了。在东京，大部分的美术馆门票在人民币一百元左右，看一次电影也是差不多的价格，我之前觉得有点贵，特别喜欢或有名的作品才忍痛去看。现在因为房租的压力小，我能腾出"娱乐费"来，稍微感兴趣的展览、电影或演出我都毫不犹豫地掏腰包。这不算浪费，因为看的东西多了，知识也会增长，与身边的朋友或采访对象能聊的话题也会变多。

　　那么住在八平米的房间里，能保持身体健康吗？头两年我对此毫不怀疑，因为我坚持去健身房。小房间没有洗澡间，过去四畳半的居民绝大部分选择去"钱汤"（sentō/公共浴场）来解决洗澡问题，现在有了健身房这个选项。我家附近刚好有一家二十四小时营业的健身房，每月的会员费约人民币六百元。有一年多的时间我都爱在这里洗澡，一早就去洗，睡前再去做个瑜伽，让身体放松后再洗个澡，每天如此。我肯定是那家健身房最"勤奋"的会员之一。后来疫情开始了，而且持续时间比想象中还要久，我很郁闷地决定退掉健身房的会员。好在家附近的钱汤在疫情期间都没有关，虽然感觉生活从现代逆行到昭和时代，但至少个人卫生有了保障。为了弥补健身的时间，我早上到附近小公园角落里挥竹刀。我住的地方公园多，大的能办集体运动会，小的刚好遛狗，我家附近的一个小公园藏在几栋木造住宅楼之间，说是公园但没有任何一样娱乐或运动器材，除了周围居民种的小花之外只有两棵樟木。在这种几乎被遗忘的小空间，若你是刚出道的漫才师，写完段子之后可以把树当作观众来练习。挥竹刀是剑道里最基本的锻炼法，我在初中参加剑道部的时候天天练，过了几十年发现挥刀动作挺消耗体力，尤其是夏天没练几分钟就会流汗。去钱汤和老板娘聊天能够保持精神健康，早晨挥刀可以锻炼部分肌肉，感觉这样的生活基本可以维持身心健康。

其实我对官方的"最低居住面积水准"心存疑问，我个人认为"健康而有文化水平的生活"不能单单从居住面积计算，还和居住的地点和位置有密切的关系。以我的房间为例，所在的位置比较便利，可以去健身房或钱汤，也可以去看展览。我父母住的地方比较偏，房租也很便宜，但这种郊区属于汽车社会，虽然周围的设施不逊于大城市，但不开车去哪儿都很不方便。我会接受居住于小房间，大前提是它在大城市，生活基本需求都能在徒步范围内得到满足，其他文化性公共设施（如美术馆、大型图书馆或书店等）乘坐公共交通也可到达。我曾经住在父母家附近，也经常来东京，虽然房租不贵，交通费却压不下来，有一次一个月的交通费高达三万日元时，我就明白住在大城市的好处了。现在我常用的是东京地铁"一日券"，二十四小时六百日元（相当于人民币不到四十元），若把路线都安排好，去哪儿都不用再额外付费。

在现代社会里，不少人对乡下生活有种向往，甚至对东京这种大城市有些看法，如人太冷漠、坏人多、城市风景太杂乱或空气不好。我也认同乡下生活的好处，也爱大自然，曾在法国农场工作时还考虑过办证定居，但大城市的好处也很多，那就是它的多功能性和宽容性，它能够容纳各种不同的人的生活方式、人生观以及精神上的自由度。

有一位中年男性朋友是善用城市的多功能性以及宽容性的人。他和我一起在东京的一家餐厅打工，当服务生。这位大阪出身的摄影师，曾经闯荡于世界一百多个国家，十多年前来到东京。现在来咖喱店打工，是因为他在摄影棚的工作时间比较自由，偶尔利用空闲时间来店里帮忙，与年轻人聊天的同时还能省下饭钱（这家餐馆提供工作餐，每天可以吃一份咖喱饭）。他住的地方很便宜，和朋友分租，估计每个月的花费和我差不多。在东京及周围，甚至大阪、京都、金泽或名古屋，稍微有点名气的展览和音乐会他都会去欣赏，还喜欢做菜邀请朋友去家里吃饭。他这样保持单身也是有原因和道理的。

有一次他在店里留了自己的个展邀请函，是一个以风景为主的摄影展，我去看的时候还以为走错地方了，因为我没想到那么爱滔滔不绝聊天的关西男子会拍出如此宁静，还带有少许寂寞和温情的风景。

疫情之前他经常出国拍照，回来就办展，每次他在咖喱店员工专用的笔记本上留言邀请："请大家有空的时候来看一看"。有一次展览的名字叫"冬日来了"，当天画廊里只有我一个人，我看到一张照片背景是全白的雪景，画面中的远方有人在结了冰的海上钓鱼。我把展览的邀请函明信片拿回八平米的房间里，贴在墙上看了好几个月，到年末最后的餐厅营业日刚好遇上这位摄影师，问他那幅作品能不能卖给我。他回答得很干脆："行啊。"后来我们谈好了价格（相当于两个月房租），就这样我的小房间里出现了海参崴的雪景。

在日本有个比较普遍的说法，房租最好不要超过月收入的三成，这样才能实现比较理想的收支平衡。若按这种说法来检讨我（或这位摄影师）的开支，肯定被认为严重失衡，因为我们把房租和伙食费都压得很低，"娱乐"方面的开销严重超支。但我认为，在我力所能及的范围内让自己按喜欢的方式失衡是可以的。四叠半没地方放洗衣机，我得去外面的投币式洗衣间，在那里遇见一位阿姨，听她讲了有趣的、独白式的故事。因为房间里没有洗澡间，我感受到冬天在澡堂里与阿姨们互相寒暄、把身体浸泡在大浴缸里的幸福。因为房租很便宜，我不用增加自己的工作量也能够拥有经济上的自由空间，让自己去接触各种不同的文化。也许别人会用不一样的眼光看你，但这种生活方式让你心中的满足感得到提升。这是在八平米的房间里学到的一种经济学。

买了那幅雪景摄影作品后，我攒了一些打工的薪水去了一趟海参崴，因为我想去看一看作品中的雪景所在的城市，身边去过海参崴的朋友们回来后也都热情推荐，说是物价不高，当地人非常朴素友善，食物健康又美味。忍受不了东京酷暑的八月的最后一周，我终于飞到了海参崴，住在朋友推荐的一家离海边不远的青年旅馆，一张床每天才一百元人民币。我放下行李就去附近走走，当地的人们还穿着T恤衫或短袖，空气中却已经开始有初秋的气息，真爽。

第二天早晨，其他旅客都还没起床，我悄悄到厨房做了一杯咖啡，拿着马克杯走到海岸，为的就是找出那张照片里的风景。除了牵狗或跑步的几个人，人影寥寥无几，我沿着海岸线走了十分钟左右，发现远方的海角和山我都很熟悉，这一切不会有错。眼前的大海不像照片

海参崴的海边。上午在这里散步，有位穿着泳衣的老太太非常热情地邀请我下水一起游。我在前一个晚上目睹过附近的餐厅直接把垃圾扔到海里，于是婉拒了。说实话，到现在还有点后悔。

里一大片白色，而是深蓝色，海面上有几只海鸥忽飞忽降，我想若是那位摄影师，会把这片晚夏风景拍成什么样的作品呢？

此刻，我心中莫名其妙地想笑。因为海参崴这座城市，我之前连它在哪儿都搞不清楚，今早怎么会站在这里喝咖啡呢？顺藤摸瓜，就是因为自己住进八平米的房间。

东京寻房记

写这篇文章之前，忽然细想自己到底住过多少房间呢？屈指算来大概有三十个，自己都不太敢相信。

据说日本人一生平均搬家次数是 3.12 次 *，住过的都道府县（日本行政区分）数为 2.13 个，住过三个以上都道府县的人有三成，没离开过出生地的人也有四成。从这些数据推想，大部分日本人会长期定居在一个地方。我有时候走在路上，尤其是路过一个很陌生的地方，从别人家的厨房飘来阵阵味噌汤香味的傍晚时刻，突然会很羡慕他们的人生：熟悉的环境和人际关系，发自内心的安全感和平静，日常左右逢源，邻居一呼百应。我也知道不上班的日子难免有苦闷和煎熬，我羡慕的那种人生也会有折磨，人总是想要自己得不到的东西。滚石不生苔藓，像我这样经常换地方生活的人肯定不聚财，但我亲身体验

---

* 根据日本国立社会保障·人口问题研究所进行的第四届人口移动调查（1996 年 7 月 1 日），出处：http://www.ipss.go.jp/ps-idou/j/migration/migration96.html。

过、观察过的各种不同人生和思维方式，对我来说却是宝贵的财产。

回想这三十个房间，等于回顾自己过去二十余年的生活：首先住父母家不算，从高中毕业开始，大学期间的木造公寓"白桦庄"算是我在外面住过的第一间房（一），毕业后搬进更便宜的六叠（约十平米）大小的房间（二），不久认识了一个"摩友"，和她搬到一个合租房（三）。一九九九年九月我在电视上得知南投大地震的消息，立刻决定当义工帮忙，在台中市附近（具体地点忘了）一边搬石头一边和老年人聊天，回台北之后喜欢上当地风情，住经济旅舍两个月（四），投了好几份简历找到台北市一家公司的秘书职位，同时开始和一位台湾女性合租半年（五）。之后在台北的五年间我不停地搬家，与美籍华裔合租、借住同事家、工厂宿舍、两家酒店式公寓等，一共有六次（十一）。最后住的独立单人间是这里面最好的，虽然没有厨房，但走几步就是师大夜市，遍地是廉价美食，身上赘肉不知不觉多了几斤。

后来我申请到了打工度假签证，离开台北去了一趟法国。先在诺曼底地区的一家农场工作几周（十二），然后往南移动，在两个农场干

法国南部养猪的小农场，农主夫妻住在另外的大屋子，这是夏季租给游客的度假房，冬季让外来的助手居住。

了几个月的活，一个在阿尔卑斯山脉（十三），另一个在南部－比利牛斯（Midi-Pyrénées）地区（十四）。后来想去巴黎看看，在几处经济酒店辗转（大部分是中东人开的），路上遇见了好心的温州人，成功住进位于美丽城*的合租房（十五），在巴黎住一晚最低也要二十欧元，而这里的一个床位才五欧元，我的经济压力因此减轻不少。一间房里塞进三个双层床，六个女孩中只有我是"外国人"，其他都是温州人，每晚睡前和她们聊天特别有意思。如今我一听"温州"这两个字心中会萌生一丝好感，就来自这段经历。巴黎的物价实在太贵，我靠朋友的介绍到了德国，在一个非常偏僻的小城市当旅舍服务员（十六），不料那年因为没下雪，旅舍生意冷清，一个多月后老板决定回乡，关门之际还多给了我五十欧。那时难得到德国，想体验一下当地风情，在柏林听听交响曲，去慕尼黑和朋友见面，坐几个小时的大巴在波兰几个城市辗转，克拉科夫给我的印象特别好，在那里待了五天。之后回到法国，在南部一所农场照顾小羊小猪到次年春季（十七），然后换到附近村子里一个小家庭照顾三岁的女孩（十八），中间还去了西北部小镇

度假房里的厨房，除了冰箱和烤箱之外还有火炉，把从外边捡来的栗子烤一下当消夜。

迪南，在青年旅社工作一个多月（十九）。

结束欧洲的行程，回日本后就职于一家媒体，老板把我派到马尼拉，公司给我安排的房间邻近非常时髦的商业中心（二十），但因声音和光线影响我休息，忍耐几个月后我成功说服公司重新签约新房（二十一），那可是我住过的房间中最高级的，装修时尚温馨，设有大厨房还有大浴缸，屋顶有游泳池，每周末在楼下开办有机食品集市，马尼拉周围的小农场来这里卖蔬果、面包和奶制品。

但我还是渴望"回"到中国，成都留学期间我真心喜欢上了那里的人情味，在马尼拉工作不到两年，我获得了在北京做编辑的职位，先在上海受训一个多月（二十二），然后搬进北京大望路附近的公寓（二十三），这家公寓很多年后在电视剧里还出现过，让我怀念不已。

编辑兼记者的工作实在太忙，我辞职后搬到上海和男友一起生活，住在上海师大附近的公寓（二十四），当时地铁还没有现在发达，交通不便，一年之后决定搬到上海图书馆附近的老房子（二十五），那里每户厨房都在走廊上，做菜时可以跟邻居交流，新婚期的那段日子给我留下特别美好的回忆。后来搬到另外一个老房子（二十六），房子好看但邻居养了好多只猫，虱子都跳到我们房间里，最后丈夫洒了敌敌畏才勉强消灭。总之那栋楼的居住环境不太理想，借住丈夫的父母家（二十七）一段时间后，我随着丈夫的新工作又回到北京，因为没钱只能住毛坯房（二十八），连丈夫的午餐费都舍不得开支，我随手做便当给他带着，《四季便当》就这么诞生了。后来两人收入稳定提升，终于搬到朝阳区中等装修的房间（二十九），几年后房东想要自己回来住，我们无奈之下重新找房（三十），也是在同一个社区里。我们在这里也住了几年，后来丈夫说找到了"真爱"，我带着两大包行李搬到朋友家，在日坛公园附近的高级公寓住了半年（三十一）。

如今我在东京的八平米房间里住了三年，再过一年这里将成为我居住时间最长的一个房间，目前没有打算搬家或买房。中国朋友偶尔提起买房的问题，但身边的日本同龄朋友中买房的很少，搞音乐的、开餐厅的、摄影或写作的、公务员、书店店主、编辑、广告制作人或酒吧店主，和这些朋友们在一起从来没聊过买房，父母看我过着"滚石"般的生活也劝我不要买，所以我对买房这件事并不上心。在日本买房的中国朋友倒挺多的。

回国之后，我在住进八平米之前，一年的时间里换过两间房子，一个在东京郊区，一个在茨城县，环境尚可，但都没有特别对的感觉。茨城县的那一间我一开始感觉很不错，房租便宜，有大阳台，在那儿过安静的日子也不错，后来发觉自己太习惯于大城市的节奏，离不开那里的文化和人情，就决定回到东京，从自己喜欢的地方——人形町（Ningyōchō）着手找房子。

人形町位于东京都中央区，到银座走路即可，是江户时代最为繁华的街巷，百年老店多如牛毛，也有好几家数十年历史的喫茶店（咖啡馆）老铺。在网上看好房租标准后，就推开当地房地产中介的大门。那是一家位于十字路口的中介店家，外面没有贴出太多广告语，看起来比较朴实。进去之后才发现，可能是周末的关系，这家中介生意很火，位子都被占满，前面有一对带着小孩的年轻夫妻、一对老夫妻，

回到日本之后在乡下暂住十个月，房租便宜，二室一厅，月租 4.5 万日元，附有超大的阳台，厨房空间也很足。因为交通不便，还是搬到东京，找到了"八平米"。

房屋中介可分为个体户（上图）和连锁店（下图）。个体户中介的店主一般是当地人，观念比较传统或年纪大的房东会更加愿意把房子交给这些当地小店，他们的房源不太容易出现在连锁店的查询系统中。连锁店的优势在于房源的丰富度，针对客户的种种要求（二楼以上、可否吸烟、能否养宠物等）能够提供更多的房源。

还有一位中年男士。我排在中年男士后面，不经意就听到他和中介之间的对话：希望"初期费用"控制在八十万，所以房租要大概十万。他说的初期费用等于是头金，包括房租、敷金、礼金、火灾保险金、房租担保公司费用、更换钥匙费用以及中介费等，全部加起来至少是每月房租的五倍。*此刻坐在最里面的男性中介跟我打招呼："您好，有什么可以帮忙的吗？"

这位中介名片上写的头衔是副店长。他按我提出的条件——二楼以上、房租越便宜越好——在电脑上选了五间房子，然后跟我说其中一个现在就可以去看。办公室整个装修比较老旧，应该还是有点历史的，他的电脑桌上有一瓶没喝完的 C.C. 柠檬†，我小时候很喜欢喝这一款，以为早就不生产了，没想到还有。他把租房资料打印出来，放在透明塑料文件夹里递给我，然后从电脑桌下的柜子找出钥匙，说："那我们走吧。"

在日本看房，除非中介公司和房源的距离特别近，一般情况下他

---

* 敷金（shikikin）相当于押金，礼金（reikin）是给房东的酬谢金，租约期满时房东无须退还给租客。敷金和礼金各相当于一两个月的租金。房租担保公司在房客没有支付房租时需赔偿房东损失。中介费一般相当于一个月的租金。这位男士的预算比较充裕，但也可能他把搬家费用都加进去了。

† C.C. 柠檬（C.C. Lemon）：三得利食品公司制造的饮料，1994 年上市，至今仍是日本最受欢迎的饮料，销售量仅次于可口可乐和百事可乐。

们会自己开车带客人看房。认识才几分钟就一起坐在一辆车上，这种感觉有些奇妙。不管对方是同性还是异性，两个人在车里单独度过一段时间，难免有点尴尬。记得上一次搬回北京，因为先生有事我先自己一个人找房，房屋中介是一个年轻小伙子，胖得很结实，他是骑着摩托车载我去看房。

这位副店长的年龄比我稍微大一点，身材颀长，留胡子，长头发，说话稳重，也有些幽默。他在驾驶席给后座的我提出一些问题，为的是了解房客的基本状况（包括收入），也有拉近距离的作用，他说自己就住这附近。"这几天的气温挺高的，今年没啥梅雨期，一下子就热起来了。上周我刚陪小孩参加运动会，差点晕过去，真是的。"

他问我现在住哪儿，我说在茨城县，也顺便解释一下这次在东京找房的原因，从茨城县的家到东京就要一个多小时，每个月交通费和在火车上耗费的时间也不少。副店长问起我现在的房租，我说四十六平米的房间，还有个超大的阳台，四万五千日元。他边操作方向盘边看了我一眼："哇塞……您说的这个条件，在我们这边搞不好要二十万哦。"

他把车子开进按时付费的停车场，带我看的是连锁公寓里的一间房子，一进门就从购物袋里拿出一次性拖鞋放在地上，示意让我穿。这间房并不大，感觉放了一张床就没有太多余地了，只有一个向北的窗户，有阳台。他走到窗边说："其实你不用担心朝向问题，这间房子采光很好，因为对面有个大厦，阳光从它的玻璃墙反射到这边来，室内挺亮的。"从他的表情猜不出这是开玩笑还是认真说的。

这间房没给我留下特别好的印象，我不太中意，副店长也大概理解。回中介店铺的路有点堵，我们已经没什么可聊的了，看路况还有六七分钟才能回到店里。在令人尴尬的寂静中他问我最近的工作怎么样。我说不怎么顺利，经常到喫茶店打发时间，写不出几行字，但去的喫茶店多了，认识了几位有趣的店主。

他听完沉默两秒，开口道："其实我的父母是开喫茶店的，就在埼玉县。开了数十年，我就是在喫茶店长大的。不过现在已经关了。"我听了觉得有点可惜，换成我肯定会考虑继承这家喫茶店。"当咖啡馆的老板不挺好吗？""外人看起来是挺好的，但我小时候看父母吃过太多的苦。我倒觉得当中介没有他们辛苦呢。"副店长的表情有些无奈。

离店铺已经很近了，但我开始希望他把车开得慢一点，因为想多听他聊几句。他继续说："还是喫茶店好啊，星巴克、蓝瓶那些，在那种地方喝咖啡也没意思，我去都不想去。虽然我没继承家业，但我还是喜欢去喫茶店，中午也经常跑到附近的一家喫茶店吃饭，老板自己做意大利面，喫茶店的基本款那种。"

到店之后我虽然说"我再考虑考虑，有需要会尽早联系您"，但他也知道我并不想要今天看的房子。副店长点点头，轻轻鞠躬又匆忙转身回到店里。估计光这一天，他得重复好几回和刚才一样的流程。中介这份工作我觉得蛮特别的，租房买房这么私人的事情他们会参与得很深，交易结束之后又马上退回到陌生人的位置。

在人形町没有找到房子，接下来我想到谷根千（Yanesen）。它位于东京都文京区和台东区之间，名字是取自谷中（Yanaka）、根津（Nezu）和千驮木（Sendagi）三个地区的头一个字。因为它在关东大地震与二战空袭中都逃过一劫，在非常现代化的东京也仍旧保留着老街、昔日的住宅、商店街与史迹，是一个能够代表东京下町风情的地方。

"谷根千"这个叫法最初来自季刊杂志《谷中·根津·千驮木》，是一九八四年由居住于当地的四位女性，包括作家森真由子（1954—）在内创刊的独立出版物。她们一个个地拜访该地区的本地居民，通过他们的讲述写下描绘日常生活、十分接地气的地方历史。她们致力于通过这本杂志传达东京下町风情的魅力，也参与过东京音乐学校奏乐堂*和东京站的红砖建筑保存运动、上野公园的不忍池环境保护等，杂志坚持到第93号，因为编辑团队的种种原因以及发行量的下跌，在二〇〇九年宣告停刊，非常令人惋惜。

我上大学时曾有一段时间非常迷恋东京下町。当时电脑尚未普及，很多信息还是得从纸质出版物获取，而每次到这个地区的喫茶店或和果子店等老铺，收银台旁边经常摆放着这本杂志。其实这是本

---

* 东京音乐学校奏乐堂：创立于1890年，因建筑的老朽化，曾经计划拆毁，但由于保存运动和台东区的支持，在1984年迁移至上野公园内。

风格蛮朴素的小册子，记得价格在三四百日元左右。我偶尔会买一本在家翻阅，也幻想过住在下町的自己如何生活：春天在上野公园看樱花（以及人海），夏天在喫茶店吃清凉消暑的刨冰，秋日在东京大学校园欣赏银杏叶，冬天可以在老师家附近的和果子店吃糯米团子、喝红豆汤。感觉下町是很适合一个人随意散步的地方，而且这一带的现代文化设施也非常丰富，有国立西洋美术馆、东京国立博物馆、改建自老式大众澡堂的画廊 SCAI the Bathhouse、我在东京最喜欢的小美术馆朝仓雕塑馆 *，还有森鸥外纪念馆。我想，这次好不容易又回到东京了，要不试一试在这里找房，看看能否美梦成真。

现在的谷根千算是著名的观光地，和我一样向往下町风情的人不少，水涨船高，房租水平并不低。但因为这附近有东京大学、东京艺术大学等学校，若耐心寻找还是能找到价格公道点的小房间。

我蛮认真地在谷根千找过三家中介公司，其中给我留下印象最深

---

* 朝仓雕塑馆：原型为雕塑家朝仓文夫（1883—1964 年）亲手设计并建成的工作室兼住宅，建造于 1935 年，在 2001 年被列为国家物质文化遗产。这里从 1967 年开始作为展览雕刻作品的美术馆向公众开放，展览作品包括他的代表作《守墓人》，而笔者个人推荐的是《猫》系列的雕塑。朝仓文夫尤其喜爱猫，多的时候同时养着十几只，也因此留下了很多以猫为主题的作品。

的一家是挂着横幅大牌"零中介费"的，接待我的是一位年龄三四十岁的女性，性格开朗，很有亲和力。她帮我找了三个房间，都在办公室附近，我们一起走出店门就能走到房源处。

第一个房子是"女性专用"公寓，但比普通的房子还要杂乱。这点也证明了在 *Tokyo Style*（《东京风格》）里都筑响一先生说的一句话，他在书中介绍东京蜗居百景后写道："女生的房间一般比男生的要脏。"那栋楼的大门看起来还可以，至少鞋子是收拾好的，但灰尘不少，感觉很久没有清理过。经过走廊，上楼梯，里面并列着三个木门，中间那个房间是空着的，六个榻榻米大小，带小厨房、衣橱和小阳台，洗澡间和卫生间是共用的。看了五分钟后我就出来了，走到停车场前我跟她说不考虑这间了。她点点头。

第二个房子是"独栋"，算是一个大房子的庭院里盖起来的一个一层的小屋子，面积大，中等装修。她说之前的房客也是女生，住了很久。小屋子的门口正对着房东大屋子的落地玻璃窗，感觉挺缺乏隐私感。问她房东是什么样的人，她说是一对老夫妻，人挺好的，还有

谷根千风景，感觉像停留在昭和时代一样。不过要体验这种氛围还是要趁早。

每年七月在东京入谷鬼子母神（台东区）附近举办的入谷牵牛花市，是谷根千的夏日风物诗，一百多家牵牛花花农摆出摊位，乘坐地铁都会遇到拎着牵牛花的乘客。

个儿子。她看到我的表情又加了一句："人家儿子挺正常的，年纪也不小，是上班族。"

我说自己并没有担心这个，只因为这"独栋"是平房，让人有点不放心。我大学时租的房子在一楼，遇到过几次偷窥犯。睡前确定关好的厨房窗户，深夜上厕所时发现被拉开，那时的心情，加上从窗外传来的香烟味，我到现在都记得很清楚。中介大姐一边听一边点头，接着说她的朋友也有过几次类似的经验，她低声嘀咕："女性在东京一个人生活还是有点辛苦。"

我问她朋友是做什么的，她说是当 AV 女优。"可是您知道吗？其实别人怎么都看不出来她是做那一行的。穿着特别清秀，很有礼貌，说话轻轻的，很年轻。所以我就想啊，很多人从外表上看不出是做哪个行业。她现在住的房间，环境跟您要求的差不多，不那么贵的榻榻米房间。"

第三个房源并不特别，上世纪六十年代建造之后再也没有装修过，说好听一点挺有怀旧感的，但也不怎么干净。走回中介办公室的短暂时间里，我问她零中介费的盈利模式，她坦率地跟我解释，他们的盈利都来自其他的收费项目，如清洁费、换钥匙费、保险合约等，而且零中介费可以吸引不少客人的眼球，顾客数量会比其他中介多。

看完这三个房间我发现，谷根千虽然有浓厚的下町风情，但在观光化的过程中周围失去了一些生活基础设施，原本有过的八百屋（蔬果店）、鲜鱼店、豆腐店或五金店都被咖啡馆、时尚杂货店或小型画廊取代。让人有点舍不得的是举世闻名的独立书店往来堂（Ōraidō），从地铁千驮木站步行三分钟的距离，书店位于公寓底层的小小一间，除文库本和新书*之外都不靠发行中盘自动进货，由店主个人选书，每一个书架上的陈列方式带有自身的逻辑性。我的八平米房间里有不少从这家书店买来的书。

人形町的副店长当时提醒过我，找房不能看太多，最多看七八个就够了，因为中介看的也是同一个共享房源媒介网站，无论选哪一家能提供给房客的信息都相差无几，所以"该让步的地方就让步，不要追求完美"。到这个时候我明白了他的意思，所以决定下次看房无论

---

* 新书：日本的新书指的是使用细长开本刊行的学术新刊，篇幅在日文十万字左右，和中文的新书概念不同。日本新书一般由知名学者以通俗易懂的形式写作，因此会有良好的流通性和传播性。

如何要租到一间。和熟人商量之后我把目标锁定在东京西边的中央线
上，这条线上的新宿、中野、高圆寺或吉祥寺等地区是文化孵卵器，
作家（如太宰治、井伏鳟二）、搞笑艺人（如又吉直树、阿佐谷姐妹）、
音乐家（如坂本龙一、椎名林檎）和漫画家（如江口寿史、大友克洋）
都和这一带有密切的关系，到现在也保持着独特的风格。

在网上看中了一间房子，在中央线的某个车站附近，十平米大小，
月租四万五千日元（约合人民币二千多元），带卫生间和厨房。我发邮
件咨询中介，约了次日下午在他们办公室见面，不料见面时就被中介
告知："这间房早已租出去了，不过我手上还有一套，您要不要去看
看？"感觉很熟悉的一套说辞，我在北京也听过几次。

我有些不高兴，希望中介今天要找出同等条件的一间房，一个年
轻小伙子递给我名片，上面写的是店长，他叫一位年轻女孩给我端来
饮料，自己二话不说就在电脑上搜索，把几套房子的信息打印出来。
女孩也在旁边为我翻资料，她抬头说了一句"还有一间，但是……"，
声音有些犹豫不决。店长说没关系，让她一并打印出来。她认为不

---

* 中央线（ChūōSen）：是东日本旅客铁道（JR 东日本）营运的一条客运路线，一
　般指东京站和高尾站之间的区间路线。

40

太合适的原因，首先是太便宜，才两万五千日元（约合人民币一千多元）；二来是太小，所谓的四叠半，约合八平米；第三，没有洗澡间，但有独立卫生间。好处是，离车站走路只要一分钟，采光良好，向南向东都有窗户，通风好。

那天我一共看了三套房，其中这套四叠半是最干净的，我觉得房间大小也很适合我的"滚石"生活，打开窗户就见到邻居家的树木，窗外的绿荫别有一番诗意，让人相当舒心。我毫不犹豫，当场决定要这间。中介店长向我确认几项重要事宜，如房间太小很可能无法放冰箱，因没有排水系统根本无法安装洗衣机，我挨个地点头，表示明白。店长最后加了一句，好似在安慰我："反正这附近大众澡堂有的是，投币式洗衣间也有，还算方便。"

过了两周，经过常规的签约、付款流程，我搬进了四叠半。搬家时我请搬家公司把咖啡桌、椅子和衣服运过来，那天来了两位货运人员，房间在二楼，他们发现楼梯根本容不下两个人，只能一个人把所有东西搬上去。搬东西的中年男士离开时悄悄地嘱咐我："我也住过

我目前所居住的中野区位于东京 23 区的西部，离新宿只有几站距离，很有现代生活气息的地方。

这种房子，木造楼梯会响的，晚上很可能会吵到住一楼的人，您多留心。"我点头道谢，并把从便利店买来的两瓶饮料递给他。

听说四叠半之前的房客是一位大叔，做出租车司机的。也不知道他在这儿住了多久，又是什么原因搬走的，但从房间的状态来看他的生活习惯良好，墙壁很干净，一点都没有烟味或其他异味。四叠半的隔壁房间稍微大一点，房客是六十多岁的单身大叔，听说已经住了三十年。一楼是一位六十多岁的单身阿姨，平时交流比较少，但见面都会聊几句，有个夏天我隔壁的大叔好几周没有动静，我们担心是否发生了意外，阿姨叫我去他房间门外仔细闻一闻，若有"怪味"可以报警。没过几天他从外面回来了，说是在工作中骨折了，直接住进了医院。

还有一个可爱的邻居，是对面一家人养的两只猫，早上和晚上它们都在飘窗里躺着看外面的风景。上午我晒被子，它们抬头观望我的动作，晚上我从外面回来，它们又透过玻璃窗盯着我，而且每次都看得津津有味，我很欣赏猫强烈的好奇心。

八平米的四叠半是我目前生活的原点，麻雀虽小，五脏俱全，至少可以让我安眠、烹饪三餐，我感到知足。这是搬了这么多次家之后得出的结论，只要能够保持基本的卫生条件（包括采光和通风）以及健康需求（包括噪音小和空气质量好），房间的大小或装修好坏和你的幸福指数没有太大的关系，更重要的反而是人际关系和你的行动力。四张半榻榻米的面积，也是日本茶室的标准面积，据说茶室含有时间和空间的一切，那还需要更大的房子吗？辗转三十多个房间之后回到这个原点，虽然全靠偶然，但有时候也觉得是必然的。

投币洗衣间的故事时光

　　因为四畳半的房间里没法安装洗衣机，我平时都在附近的投币式洗衣间洗衣服。我每天常去的钱汤一般附设投币式洗衣机，洗衣时间需要半个小时，洗澡前把脏衣服放进去，洗完澡衣服也就洗好了，放进烘干机再等一等即可。但我后来发现，家附近的钱汤把烘干费用设定为一百日元（约合人民币五元）八分钟，而独立洗衣小铺的价格是一百日元十分钟。这两分钟非常重要，少了之后厚一点的袜子无法彻底烘干，所以现在我一般都会直接去独立洗衣小铺。

　　有一个晴日，樱花快要开了的三月初，我带着一大袋子脏衣服，到走路三分钟就到的洗衣小铺。这家小铺不大，进门左手边有六台洗衣机，右手边一排是六台烘干机。开门时间为早上七点到晚上十一点，按我的经验，高峰时间大约在早上八点左右，那时小铺里的洗衣机都在使用状态。所以我尽量错开这段时间，选择上午十一点左右开始洗，烘干完毕刚好可以去吃午餐。洗衣的这段时间，我一般坐在长凳上翻阅杂志，这里的店主每一两周会换新杂志，如《女性自身》《周刊POST》等八卦为主的周刊杂志、有闲有钱家庭主妇爱看的《家庭画报》，也有知名测评杂志MONOQLO，翻翻这些杂志也能补充一点现代社会的新常识。偶尔抬头看外面，店里的空气弥漫着洗衣粉的香味和机器运转的嗡嗡声，洗衣店的玻璃拉门外人们走来走去，感觉自己像在一个水缸里一样。我并不讨厌这样独处的时刻。也有时候，我把衣服放进洗衣机，马上回家打扫卫生，三十分钟也刚刚好，打扫完回来，把洗好的衣服放进烘干机。

那天我回到洗衣小铺是十一点左右，正准备烘干衣服，一位看上去六十多岁的阿姨走进来。她皮肤白皙，眼睛细长，头发染成淡褐色，穿着米色的大衣，下面的裤子是迷彩图案，鞋子是铺满漫画图案的运动鞋，一时很难看出她属于什么类型或从事什么职业。

投币式洗衣间内景，翻翻杂志，看看来往的路人。

投币式洗衣间的洗衣粉自动贩卖机，分别为大包和小包洗衣粉、除菌柔软剂，样品也有点旧了，包装上的文字都看不清。我在这里等待的时候好几次被人问起到底该买哪一种。

钱汤以及附设的洗衣间

这里的洗衣机分大小两种，小的洗一次两百日元，大的要三百日元，差别只在于容量，大的能洗床单等大件。那天小的洗衣机都在使用状态，只有我刚用过的那台空着。阿姨等我把所有的衣服放进烘干机，便问我洗衣机可否给她用。

我说："啊，不好意思，当然可以。"

"那好，我用一下。你是一个人住吗？"阿姨问道，可能是她看我的衣服不多。

我点头回答："是的，一个人住。"

阿姨看我一眼，继续说："我也是一个人住。洗衣这件事，我也不知道来这里洗好，还是自己洗比较划算。买个洗衣机，再加水费和电费，这样算下来一年也是一笔钱呢。"

我附和她，还是来这里洗好，自己买洗衣机，会占地方，坏了还得自己负责，搬家更麻烦。不过，她好像没那么在乎这个话题，边把衣服放进洗衣槽边问："没结婚？"

这种场合我会很坦白，小铺里只有我们两个人，对方是女性，又是和路人差不多的陌生人，跟自己的生活关系不大。"离了，才搬到这附近。"

阿姨没有太大的反应，把洗衣粉撒在衣服上，淡淡地说："我呢，离倒是没离，是逃出来的。大下雨天，离家出走了。"

我就"哦"一声，把身体侧倚着空的大洗衣机，看着阿姨。她用不大不小的声音，面对开始嗡嗡响的洗衣机继续讲自己的故事。

"我是秋田县出生的，老家就在乡下，除了田地啥都没有，那里的年轻人一到某个年龄都会想办法逃走。农家找媳妇很困难，我还在初中的时候，一些人家开始找各种借口来我家看我，比如喝杯水呀、聊天呀。很讨厌，是不是？我高中一毕业就来东京了。当时什么都没想，只要能离开乡下就行。后来遇到那个男人，我马上答应结婚了。十九岁呢，啥都不懂。结果这男人是个烂货，把人当作奴隶一样，还打我。比如说呀，我在超市买了一个豆沙面包，快过期的，打折后才五十日元。他看到后就打我，说是浪费钱。有时候，我有点不舒服，在榻榻米上躺了一会儿，他就跑来使劲踢我一脚。就是这么个男人。但我忍着，为了小孩。"

阿姨这么忍耐了四十年，这些年间丈夫的小生意有了一点成果，还开了三家分店。这背后当然倚赖糟糠之妻，阿姨能省就省，不分昼夜地工作、照顾家人、做饭、打扫。然后到六十岁那年，她终于忍不住了。

"有一天下了大雨，我就在等这一天。因为下雨的声音大嘛，他不会听到我开门、关门的声音。趁他睡觉，先把事先收拾好的东西从窗户扔到路上，打电话叫出租车。我跟司机说呀，车要停在我家对面的美发店，看到车来了，我把路上的东西捡起来，上车走了。孩子已经长大，都嫁出去了，心里没有牵挂，那个男的后来怎么样，我到现在都不知道。"

阿姨现在住得还算舒服，还好亲妹妹嫁到有钱人家，车站前的大厦就是妹妹家拥有的不动产。妹妹把其中一处房子打折租给阿姨。她说这也算自己有福气。讲到这里，又有人走进洗衣小铺，是一位五十出头的中年男人。

可能因为有人来了，阿姨马上把话题转移到我头上，开口就问："那个，你今年有多大了？"我不假思索地说，四十三。说完见那个男人转头瞄我一眼。若在北京或台北，我肯定会骂他一句"看什么看！"但这句用中文讲起来才爽，而日语只能说成"你看我干吗呢（何見てるんですか）"，有点长，语气笨拙，眼前还有这位阿姨，我忍住了。男人把衣服放进洗衣机便出去了，跨上自行车的时候又看了我一眼，我觉得这第二眼有点烦，心里涌起一种冲动，差点儿奔出去，甭管哪国语言，边骂边追他的自行车。但还是忍住了，心想，阿姨直接问我的年龄有点过分，我明知旁边有人还如实回答也真够笨的。

阿姨没感觉到我的心情波动，问我住在哪儿。一不做二不休，我把自己的情况解释清楚：住在这附近的四畳半，家里不但没有洗衣机，也没有洗澡间。阿姨好奇我怎么洗澡，我说去钱汤，她的表情亮起来，随口说出附近几家钱汤的名字。

"那咱们下次可能在钱汤见哦。"烘干完毕，我把衣服放进袋子，跟阿姨说。

"说的也是啊，也许今晚就会碰上。"阿姨微笑道。

后来我并没在钱汤遇上这位阿姨，没想到过了几周，我又在洗衣小铺里碰到她，时间还不到中午十二点。阿姨说自己还没吃午饭，刚刚下班。原来她在吉祥寺的一所私立大学上班，学生上课之前负责打扫校园。除周末外，她每天坐五点半的电车到吉祥寺，再转乘公交车到大学。

"学校太大了，校门和校舍之间至少得走十分钟，夏天热得很，累死。我明年七十岁呢。"她皱着眉道。我笑说完全看不出来。

伴着洗衣机嗡嗡转动的声音，阿姨说起学校的事。"不愧是安倍先生（前首相）毕业的学校，学生都比较有气质。私立学校咯，学费很贵吧，普通家庭应该付不起。"她对学生们抱有好感。因为多年做小生意，她一眼就能看出学生的家庭背景，感觉富有家庭和普通上班族家庭的小孩不一样。我问她哪里不一样，她认真回道："人家的'才

一口ラ（aurora/ 北极光）'不一样。"我想应该是オーラ（aura/ 氛围、气质）才对吧。

"前几天我在教室角落里看到一个纸箱，很脏的，好像是有人当作临时垃圾箱吧，里面放了什么没吃完的意大利面、塑料瓶等等，我实在看不下去，把纸箱换成新的。没人跟我说什么，只有一个男孩向我说了声谢谢。我觉得这男孩跟别人不一样，问他家里的情况，原来他爸爸是一家建筑公司的老板。做生意的人，还是会培养出不一样的小孩，眼睛很敏锐，能看到别人不在乎的事。我跟他说，他将来肯定会出人头地，他笑了。"

看我听得津津有味，阿姨继续说下去："大学教授很有意思，有的穿着很邋遢，拖拉着鞋，头发乱蓬蓬，也有的穿着得体。有位老教授天天穿得特别整齐，挺时髦的，但问题是他总苦着脸，让人不易接近。有一次我夸他衣服好看，结果他笑得好可爱，我才觉得这个人其实挺好的。后来我偶尔会夸他，只是偶尔哦，因为人会习惯，经常夸人家会不把你当回事儿。"

我的衣服还没洗完，接下来还要烘干，阿姨也刚把硬币投进洗衣机，我们有大把时间可以聊天。阿姨热情地建议我找一个有钱的老人家再嫁，这样至少不用自己去赚钱，也不需要辛苦太久。我点头说会考虑。她又说其实强行分居不好，但自己实在忍不住。我说我们都是这样，人生不可能是完美的。随后，我们看着转动的洗衣机，微微发了一会儿呆，过了一会儿她问我每个月的电费大概要多少，我说冬天因为一直使用电热毯，电费将近两千日元。听后阿姨洋洋得意，说自己能控制在一千日元。我问她："您不像我，有冰箱也有空调，怎能控制到那么少呢？"阿姨回道："冰箱温度不要调太低，灯要开得少。空调我不喜欢，一般都关着，晚上看着电视睡觉，先把灯关好，遥控器放在枕头旁边，闭上眼睛前按下按钮就是了。我们这种人能省就省，才能生活下去，是不是？"

　　"总之，生活还挺辛苦啊。"阿姨说完不久，洗衣机的揭示音响了，我的衣服也烘干完毕。我向她轻轻鞠躬告别，她说："那就这样，谢谢哦。"我也跟她道谢，虽然连她的名字都不知道，但确实挺感激她的。

我们的生活越来越便利，很多事情按一键即可解决，与他人接触的机会反而变少了。这虽然有助于减少沟通上的麻烦，但也失去了与阿姨那样的人偶遇的乐趣。投币洗衣间本身也在进步，最近离我的房间走路十分钟的地方出现了一家新的投币洗衣店，洗衣设备属于高档型号，据说曾在国际投币洗衣机博览会中获得"最优秀赏"，还可以洗运动鞋和棉被。该店设咖啡厅，纯白的墙壁配以木桌子及黑色椅子，洗衣机是军绿色的，非常酷。收费标准比普通投币洗衣间略高，但若考虑洗衣功能和质量，应该是物有所值。但怎么说呢，据我观察，出入这种洗衣店的人平均年龄稍小，他们穿搭看起来轻松但也讲究，和我平时去投币洗衣店不修边幅的邋遢风格还有点区别，这给了我一些心理压力。投币洗衣间毕竟在家务和生活的延长线上，我还是希望不要搞得太时尚，能有打发时间用的长凳和周刊杂志就够了。

泡在市井东京

　　日本人对泡澡的热爱可谓闻名遐迩，连日本的猴子都会泡澡。雪景中泡温泉的网红猴子们安逸又滑稽可爱的表情，也多少加深了外国朋友们对"日本＝泡澡"的印象。我也喜欢泡澡，其实泡澡对日本普通民众来说并不是喜不喜欢的问题，而是一种从小养成的习惯：小时候我喜欢先把身体洗干净，拿毛巾擦母亲（偶尔是父亲）的背部，觉得大人的背真大呀，洗完在浴缸里泡个澡从一数到一百。有了妹妹之后，我常跟她两个人去浴室，大方地让妹妹代劳帮我擦背，随后泡澡，妹妹年纪太小，数数时数不过七八，还记得她屈指数数的样子。从浴室出来，穿好睡衣，母亲会让我们喝杯水或牛奶，哄我们刷牙然后睡觉。

　　自从一个人租房开始，有很长一段时间，泡澡的习惯从我生活中几乎消失了。大学毕业后将近二十年都在世界各处游荡，现在想来大部分时候只是淋浴，回到日本也不太习惯用自家浴缸泡澡。日本租房一般设有洗澡间，前几年我在茨城县租过四十多平米的房间，记得浴缸我只用过一次。不久后发现身边的一些日本单身朋友也相差无几，他们洗澡主要是淋浴，浴缸用得并不多，原因很简单：清理浴缸太麻烦。哪怕你先把身体洗干净，泡澡后浴缸上都会有一些污垢，因为浴室本身潮湿高温，为了预防霉菌滋生，及时地彻底清洗是必须的。深夜或早晨拿着刷子把浴缸刷干净，若为了亲爱的家人们还愿意忍受，但只为了自己，就不想这么麻烦了。

目前我所居住的小房间不带洗澡间，每次都得去外面的钱汤洗澡，听起来有些不便，但考虑到水电费和清理浴缸的辛苦，我认为五百日元（约合人民币二十五元）*洗一次也是值得的。据二〇一九年东京都生活文化局的调查，首都的钱汤数量为五百二十家，全年使用人数约有 2340 万人次，一家钱汤的平均使用人数有 144 人次／天。这些数字看似不少，但钱汤在日本社会是濒临消失的传统文化，整个东京的钱汤比前一年减少了二十二家，相比十五年前减少了一半。钱汤在东

---

* 日本的钱汤收费标准按《物价统制令》（1946 年施行）设有每个行政区的上限额，如东京都为 500 日元、大阪府为 490 日元等。该法令是战后初期政府为建立"官定价格体系"而定，随着经济复兴管控逐渐减缓，2002 年以后按该法令设定价格的就只有钱汤收费标准。

京不是均匀分布的，在新兴住宅区或办公区比较难找，多分布于小工厂较多的大田区，以及江户川区或足立区等庶民阶层比较多的地方。我目前所居住的中野区有二十家钱汤，签下租房合同时，中介递来一张标注有钱汤所在地的复印纸，看来这附近有不少人住在没有洗澡间的小房间，顿时感到一种心安。

地图上标注的五家钱汤都在步行范围内，最近的两家走五分钟就到了，另外三家七八分钟也可到达。刚搬进来的那段时间，出门找钱汤的感觉很新鲜，它们都隐藏于宁静的独栋楼之间，从大门、鞋柜到前台设计都留有悠然自得的昭和风格，这种设计估计现代顶尖建筑师也做不出来。就如建筑师安藤忠雄所说，建筑是"那个地点与那个时代的独特产物"，当我踏进这些钱汤老铺时，自然就能感觉到那个时代的集体氛围，甚至是面对社会和未来的基本信任感——大家共用大澡堂，哪怕对陌生人，心理距离也没那么远。我去钱汤时不带手机，一是因为那里不允许用手机（以免发生偷拍等让人不愉快的行为），二是洗澡这一小时左右的时间，让自己远离数码世界也不错。

有大写的"ゆ（汤）"字的布帘，是钱汤出入口不可缺的。不过这种风景在不久的将来会比较难见到。

说到信任，我认为钱汤的番台（bandai）最能表现人与人的信任感。公共浴场的男女入口是分开的，女的叫"女汤"，男的则是"男汤"，布帘上有字，但男女谁左谁右要看每家钱汤的安排，我有几次没仔细看布帘差点进了"男汤"，被前台的老板大声叫住。比较新的钱汤，大厅里设有前台，位于男女入口中间，客人在前台付费后分开进浴室。传统老铺又不太一样，男女入口从钱汤大门外就区分开，脱鞋之后直接进更衣室，中间有一扇墙将屋子一分为二，靠着门中央的老板或老板娘坐在离地约半米高、用木板围起来的座位上，这个专座叫作番台，在这里男女双方的更衣室都看得很清楚，也方便于收费或聊天。

　　据我的观察，坐在这种番台上的老板最方便和客人聊天，客人从进门打招呼、付款、脱衣到洗完之后擦干身体吹头发，就在老板眼前走来走去，聊天的机会自然多。我常去的两三家钱汤老铺还留有这种传统番台，人们面对番台的心态也挺有意思，一般情况下我们都不会在脱光衣服的情况下和别人聊天，但因为这里是钱汤，就不在乎了。

有时候老板或老板的儿子坐在那里，能看出来他们尽量不抬头看女性客人和更衣室，他们聊天的对象也主要是男性客人。六十多岁的老板娘就自在许多，和男女双方都能聊，忙得很。

　　从进入钱汤到开始随意聊天，有一个循序渐进的过程。我是几家钱汤轮流使用，有一家去了大概两个月之后，老板娘才认得出我，就会主动打招呼，比如"你一般这个时段来得多吗"或"今天天气真热呀"之类。这个时候我就笑笑，简单回一两句，"是呀，还是这个时间比较方便"或"确实，白天热得受不了"。随后几次的聊天内容也不会有太多变化，然后再花几个月让对话内容和方向产生一点点变化和深度，如：

　　　老板娘：你大概这个时段来得多吧。

　　　我：是的，吃完饭来洗个澡，回家钻进被窝里，睡得好舒服。

　　　老板娘：说的也是（笑）。白天上班吗？

　　　我：不，在家里工作呢。

老板娘：那也挺好，疫情还没结束*，不用上班挺好。

我：是的。

钱汤的关门时间一般在深夜十二点左右，我睡得比较晚，晚上十一点去钱汤，还有一个小时可以慢慢洗澡。这段时间的客人比较多，和朋友一起来的年轻人、情侣（他们约好洗完澡出来一起回家）、上班族或老年人等，一家钱汤的同一个时段，来的客人也都差不多，虽然叫不出名字也没聊过天，对方的样子大概能分辨出来。若时间稍微早一点，晚上七八点到十点之间的客人会比较少。有时候整个澡堂只有一两个客人，甚至只有我一个，听着浴池里喷气按摩装置的噗嘟噗嘟声，看着墙上横跨男池女池的富士山瓷砖画，边洗边哼歌，别有一番意境。出来擦干身体，番台上的老板娘来跟我搭话，因为时段不一样，聊天内容也会不一样：

老板娘：你今天来得比较早。

---

* 2020 年春天，东京都发布"紧急事态宣言"，包括"超级钱汤"（公共浴场的升级版，规模很大，以休闲娱乐功能为主）在内的娱乐设施为防疫不得不休业一个月，但因为钱汤属于"为保障住民的卫生的必要设施"，不在官方休业要求范围内，期间也保持营业状态，只是比平时早关门一两个小时，停止使用三温暖（桑拿）。

我：是的，打完工直接过来的。

老板娘：你还打工呀，辛苦了。

我：还好，差不多一周一次，还可以吃晚饭。

老板娘：那也挺好，自己做饭也挺费时间嘛。

我：就是，省事儿。

　　认识这位老板娘已经有两三年了，我们的聊天范围不超过上述内容，老板娘知道我住在这家钱汤附近，在家里工作，偶尔去打工。有几次我在更衣室称体重，她知道我最近胖了几公斤，也知道我用的化妆水品牌，按季节画脚指甲的颜色。但她不知道我工作的具体内容、打什么工，也不知道我住在哪里、叫什么名字。我对她的了解也差不多，知道她有一个儿子（偶尔在番台上），也知道她爱干净，因为她经常从番台下来帮我们擦地板。她喜欢做菜，有一次她仔细跟我讲怎么煮黄豆，那道菜叫五目豆*，据说那是她儿子的最爱，从前一晚泡黄豆到最后煮完一大锅讲了半个小时。但我还是不知道她的名字，

---

* 五目豆（gomoku mame）：一种家庭常备菜，以黄豆、莲藕、魔芋、胡萝卜以及昆布作为主要食材，用酱油和砂糖调味。

她不在番台上时做什么，也不太清楚。有时候我会想，这也是我和社会的一丝关系，它对我的工作起不了多大作用，但有助于我精神上的健康。

泡澡让人保持精神健康，这并不单单是我的主观想法，据东京都市大学人间科学部早坂信哉教授的调查，每周至少去一次钱汤泡澡的人有七成以上感到自己"非常幸福"，比从不去钱汤的人高了二十多个百分点（抽样人数为558人）。早坂教授解释，钱汤的浴池比家里的浴室宽绰许多，但这并不是唯一让人放松的原因，钱汤里若即若离的人际关系也非常重要。这里的人际关系和职场不一样，它和你的得失无关，而是能让你从另一个角度看社会。

除了和番台上的老板娘聊几句，我和其他客人聊天的机会并不多。也许有人会觉得澡堂有聊天的氛围，但大家都非常专注地洗身体，每位都有自己特定的清洁步骤，彼此不敢打扰。泡澡的时候大家闭着眼睛，沉浸在自己的世界里，也不太适合搭话。东京的钱汤之所以出名，在于泡澡的温度。欧美人泡澡一般在38℃上下，日本人喜欢的温度在

42℃左右，稍微高一点，东京的钱汤在 45℃左右。据说这是从江户时代留下的习惯，在高温的浴池里装作若无其事，算是江户人的美学。这种高温中不太适合和别人搭话，我进了浴池通常顾不上别人，自己在脑子里快速从一数到一百，出来时还有点头昏脑涨呢。

从浴场出来，在更衣室穿衣服、吹吹电风扇散热，此刻最为放松。有一次我在家里打扫时不小心刮伤了后背，想自己贴个创可贴也贴不好，就在更衣室找了一位看起来好说话的阿姨帮忙。她一边很乐意地帮我贴，一边问怎么了。从我的回答里，对方得知我是独居，笑说自己也是。她的房子有洗澡间，但总觉得来钱汤比较舒服，每两天就过来一次。"冬天洗澡很容易引起那个，叫什么热休克*？来钱汤比较放心，哪怕你突发心肌梗塞昏倒，总有人发现。"番台上的老板娘听完点点头笑道："也是，说得没错。"

还有一个晚上，我在更衣室和一位老太太聊起天来，她说暑假的时候儿子儿媳带两个孙子来，一来就一个礼拜，家里虽然增添了活泼的氛围，但两口子完全把老太太的家当作旅馆，让她累死累活。

---

* 热休克（heat shock）：指血压突然的上升和下降而造成身体不适，病情严重时甚至会出现心肺功能停止。据调查，日本每年因洗澡时引起热休克致死的人数高达一万七千人，是交通事故死亡人数的四倍。

上图："千代汤"是我最喜欢的公共浴场，它是一座老建筑，拥有七十多年历史，一踏进去感觉像回到昭和时代。老板说，有不少电视台拍摄组来这里拍过电视剧。

下图：据老板介绍，钱汤的新旧先要看天花板的高度，现在很多钱汤设在水泥楼里，天花板不会很高。

上图：男汤的油漆壁画是从西伊豆的云见海岸看见的富士山，据说从这里看到的富士山最美。2011年由丸山清人制作。专门为钱汤画油漆壁画的画家，现在全日本只有三位，丸山先生是其中之一。

下图：浴场壁画下面贴的"入浴心得"，提醒大家先把身体洗干净再泡澡、浴缸里不要加太多冷水等。

"看到孙子很开心，他们走了我也开心。"老太太说。番台上的老板娘回道："难怪我看您瘦了一圈。"番台正对面的墙上有一台旧式电视机，男女都可以看，新闻节目开始报道增税信息，我们的话题马上转移，老太太抱怨前几年刚增税，怎么又来增税呢。这种随意的聊天虽然解决不了生活中的实际问题，但和别人吐吐槽，心里会轻松少许。

钱汤的营业时间一般从下午三四点至午夜，我有时候中午去餐厅打工，下班后直接去钱汤洗澡，也不用带太多东西，出门时包里放一条手拭巾*、小瓶装的化妆水、内裤和袜子，时逢盛夏再带一件T恤衫†。中午的班是三点左右结束，刚好是钱汤刚开门的时间，这段时间的客人并不少，大部分是熟客，多是住在附近的老年人。他们可能从小就在这里洗澡，钱汤就像自家浴室，有的老年人很会照顾别人，看到不熟悉的面孔会主动说明浴池喷气按摩装置的开关在哪里，也会和别家小孩聊几句话。观察这些老年人的一举一动能学到一点礼仪，有的年轻人不习惯水温过高就把水龙头拧开加水降温，过了一会儿老年

---

* 手拭巾（手拭 /tenugui）：尺寸 90×35cm 的平织棉布，易干，不易起毛。因为使用后不像一般毛巾湿了之后那么笨重，我喜欢带去钱汤，洗澡、擦干身体都能用。
† 日本大部分的钱汤免费提供沐浴露和洗发水，毛巾可以在前台购买或借用。若不那么讲究这些洗浴用品的品质，不带东西洗一次澡也不成问题。

从八平米去钱汤的我（作者手绘）

人轻轻询问水温是否可以了，有的年轻人说声"不好意思"就关了水龙头，有人假装没听见，番台上的老板娘透过玻璃窗看见这个情景，会进澡堂出面协调。

和世界各地的任何公共场所一样，日本的钱汤也有一些"客人须知"，比如进浴池前务必把头发及身体洗净，淋浴时避免喷溅到他人，走出澡堂时先把身上的水擦干净等，这些在澡堂门口写得很清楚，还加了英文、中文等翻译。但除了这些明文规定之外，我们还有很多礼仪要从这些老年人和其他客人身上学习。我到这个年纪也还在学习中，"打招呼"是其中之一。就像北京也有"碰头好儿"，进更衣室先说声"晚上好"，或进浴池时说句"打搅了"，离开澡堂时说句"晚安"等。很可能没人回复你，让别人知道你打招呼了就行，这样当你想跟别人搭话（如想请人帮忙贴创可贴）的时候更加容易。所谓的礼仪不只是为了别人方便，也对自己有好处。

我开始并不懂这个道理，觉得反正都是陌生人，除了在番台付钱时说几句，整个洗澡过程不开口，也觉得不碍事。我刚搬到八平米房

这两张图摄于女汤更衣室。有的钱汤设有常客用的储物柜，客人把洗发精等私人用品留在这里。这位阿姨很会收拾，把所有的东西放进自己的脸盆，再用一块风吕敷（包袱布）包起来。女汤更衣室的角落有个小柜子，摆出老板娘做的手工艺品，日语叫作"おかんアート"（大妈艺术）。

我喜欢这家钱汤的原因是可以用木质脸盆，它碰到瓷砖地板时发出的声音特别好听。现在大部分的钱汤改用塑料脸盆。"因为木质的要洗得很干净，每次关门我们用刷子一个个去洗，然后晒干。很辛苦呀。"老板说。

上图为女汤里的免费低温桑拿。"听说现在流行桑拿，所以我们也设了一个。"老板道。我每次来这里，电源都是开着的，但很少有人在里面。下图为从开业到现在一直在用的按摩机，三分钟 20 日元（约合人民币 1 元左右）。这家钱汤每次去都在放六七十年代的流行歌，边做按摩边听小时候的那些歌曲，真幸福呀。

钱汤的烟囱，只要周围的建筑物不要太高，从很远的地方就能看见。

间的一个晚上，在钱汤更衣室遇见一位和我年龄相仿的女士，皮肤偏黑但有光泽，乳房丰满，四肢虽有点赘肉但挺细长，是位美女。她的打扮有点抢眼，运动套衫上印有夸张的图案，颜色搭配很鲜艳，我当场猜她是黑社会成员的女友。她跟我说一声"晚上好"，我听出了她的大阪口音，瞬间和服装风格联系起来，大阪人确实会喜欢稍微抢眼的打扮。我连忙回句"晚上好"，她没再接话，穿好衣服，把头发整一整，拿好东西出去时又说一句"那晚安哦"，举止潇洒，拨开暖帘走了。我没来得及回应，但她在我心里的印象提升了不少。

后来几次在钱汤里遇到过这位大阪口音的女士，在钱汤门口的鞋柜处、更衣室或澡堂，她碰到别人会适当地打招呼，可能东京人不习惯和陌生人打交道，但她不在乎，潇洒的风格始终没变，该打招呼的时候先张嘴，干干净净地离开。说来也奇怪，若没有这简单的一两句，我对她的印象也就停留在"穿得有点可怕的美女"，而她并不给人压力的淡淡寒暄，莫名其妙地让人在心里产生一种亲切感。

在钱汤与人沟通考验你真正的交际能力，因为在这里人没穿衣服，妆也卸了，当然也没有证明你社会地位的名片，你得靠自己的肢体和声音来和陌生人交流。曾经我想象过几十年后的自己，成为在高温的浴池里不让年轻人冲冷水的老太太，但这种想象恐怕也有些太乐观，因为钱汤的数量正在锐减。为了保障"居住于不带洗澡间的住民"的卫生条件，地方政府每年为钱汤提供补助金，也会减免自来水费用，但由于修补钱汤设备很花钱，若要进行整体改装三亿日元都不够，加上燃料费的上涨，钱汤的数量在全国范围内逐年减少。

我曾拍过的"千代汤"现在也没了。我拍完照之后不到一个月突然停止营业，听说老板本来还想坚持几个月，但因为浴缸漏水厉害就提前关门大吉，现在准备盖公寓。当我老的时候，不知身边还能留有几座钱汤这个世俗文化遗产。

没有冰箱的日子

自从住进八平米，有三位朋友问过我要不要冰箱。当初非常感激朋友的关心，后来听人说，那很可能是对方想要省一笔回收费。我是知道超标尺寸的垃圾有"准扔证"*才能扔，但之前扔过一个柜子，所需"准扔证"才几百日元，所以我猜冰箱也顶多付一千多日元就可以。结果仔细一查，根据《家电回收利用法》†，空调、冰箱、电视和洗衣机这四类家电必须交给专业回收机构，而且回收费和搬运费由消费者分担，处170公升以下的小冰箱所需费用不会少于六千日元（约合人民币三百元）。二手家电容易出问题，而且想扔的话要付一笔费用，后来决定还是保持现状，过没有冰箱的日子。

东西的新或旧先不管，我住的这个小房间根本容不下一个冰箱。

---

* 参见本书《周五的成就感》一篇。

† 《家电回收利用法》：2001 年 4 月实施，目前日本的家电制造商、销售商和消费者在上述四类废旧家电的回收利用过程中有责任义务分工。制造商承担对废旧家电的回收利用义务（即建立或租用回收利用工厂），销售商承担对废旧家电的收集和运送至回收工厂的义务，消费者则要承担上述两项措施的费用。

而且室内只有一个墙壁插座，多孔插排已经用在了电脑、空调、空气净化器、热水壶以及手机充电器等，再多一个大家电很可能会导致电流超额而烧毁插座。再说，冰箱会有种噪音，我担心在这么小的房间里放一个冰箱，它的噪音会影响我的睡眠质量。

没有冰箱的日子，我曾经体验过几次。在法国务农的时候，我在一座南方小镇结识了一群当地嬉皮，他们在山间废墟里搬石头盖成房子居住。这座"嬉皮村"至少有几十年历史，我在这里见到过一位老年人，他说自己就出生在这里。我去的时候嬉皮村里有一个小型发电器，但那里的生活基本属于"unplugged"（不插电的），晚上除了大厅之外都用蜡烛代替灯光，听的音乐都是朋友们弹的吉他或唱的歌，更不用说使用冰箱。不过他们的餐食丰富且不重样，还能为"肉食者"和"素食者"提供不同的主菜，主要食材来自小镇里的一家超市，把车子悄悄地开进超市仓库后面即可。他们和那里的保安有种默契，面包、奶酪、酸奶、点心或意大利面，堆在仓库旁边的过期食物任君挑选。说是过期，但印在包装上的数字只不过是最佳食用日期，刚过期的食物和摆在店里货架上的没什么两样。几位嬉皮们定期去附近有机农场帮忙，换来一批有机蔬果，还在废墟里的空地养了几只山羊，是自制奶酪用的奶源。他们自制的山羊奶酪口味浓郁，还带有一丝柠檬味，可惜我在学会它的制作方法之前离开了那座小镇。

可能是因为那段时间的经验，我搬到北京时也没有急着要买冰箱。当时的房子位于酒仙桥附近的老社区，一室一厅的毛坯房，房东是一位做生意的中年男性，一番沟通后他同意提供一张床、一张桌子、两把椅子以及一台老旧的洗衣机，但冰箱得自己买。房子斜对面有一个社区菜市场，走几步还有京客隆和二十四小时的进口食品店，我想先生活一段时间再说，晃晃悠悠过了一年，其间为了省钱还让丈夫带便当上班，顺便把食谱写在豆瓣上，第二年写出一本电子书《夏日便当》。这个毛坯房只住了一年，往后在北京住过的房子都有冰箱、空调、电视机，但那一年给我的印象是一种简单生活的美，家里东西少，至少打扫卫生特别轻松。

何况这次又住在物流极为发达的首都，何必买冰箱呢？其实疫情在日本刚开始蔓延时，我犹豫过要不要买冰箱，因为政府呼吁我们自觉减少外出活动，购物频率也最好限制在三天一次，我有点担心若情况再严重一点，很可能吃不到新鲜的东西了。后来疫情虽然加重，但市民生活没有受到太多的控制，目前仍能够保持正常的饮食生活。

八平米不但没有冰箱，燃气也没有开通。我的厨房非常小，严格来说也不算是厨房，只有一个不带热水器的自来水管和一个小小的水槽（41cm 宽 ×39cm 长 ×15cm 高），旁边还有一个小空间，勉强可以摆放一台卡式瓦斯炉。因为房间不带洗澡间，我决定不去申请都市瓦斯（燃气），从成本来看并不划算，都市瓦斯的每月使用费九百日元起，还不如购买三罐五百日元的卡式瓦斯，每周顶多用一罐。没有冰箱也没有燃气，这种日子说起来似乎和野外生活没有太大的区别，直到有一天为了准备防灾清单查了东京都政府官方网站，发现独居女子所需的自救物品和我平时贮存的差不多，只需再购买几瓶矿泉水就好。八平米的生活等于是日常与非日常相伴，不过人生本来就是这样吧，幸福和悲伤、福与祸，它们相互依存，也可以相互转化。

八平米厨房全景。烹饪基本靠卡式炉来解决，为了节省卡式瓦斯的使用量，烧开水时另用热水壶。（都筑响一摄影）

在这里想分享一个冷知识，我查的网站是东京政府提供的"东京储备指南"（www.bichiku.metro.tokyo.lg.jp），按照每户居住人数、年龄、性别和住宅种类可以定制"防灾预备清单"，譬如独居女子一周所需的食品有：

水：21公升

真空米饭：21份

真空包装食品：7份

罐装食品：7罐

膳食补充食品：7份

真空包装蔬果汁：7盒

补充蛋白质用"能量棒"：2个

粉末健康饮料：7瓶

调味料：适量

泡面、干面：7份

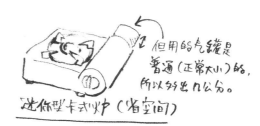

但用的气罐是普通(正常大小)的，所以多出11公分。

迷你型卡式炉(省空间)

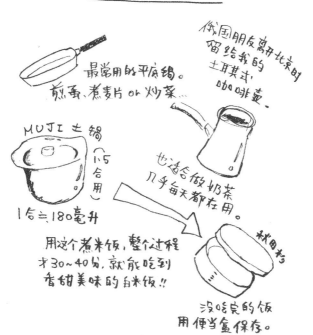

最常用的平底锅。
煎蛋、煮麦片 or 炒菜...

俄国朋友离开北京时留给我的土耳其式咖啡壶。

MUJI 土锅(1.5合用)

也适合做奶茶，几乎每天都在用。

1合 = 180毫升

用这个煮米饭，整个过程才30~40分，就能吃到香甜美味的白米饭!!

耐用☆

没吃完的饭用便当盒保存。

八平米厨具(作者手绘)

免淘洗米：3公斤

饮料：7瓶

点心：7袋

水果罐头：7罐

速食食品：适量

在八平米的生活中，卡式瓦斯炉主要用来煮米饭、炒菜和加热牛奶，煮开水另用热水壶。为了减少插座的负担，我没买电饭锅，用的是无印良品的土锅，其实比电饭锅煮得快，味道也较好。这款土锅最多只能煮一两人的份量，对我来说刚刚好，反正没法放冰箱或冷冻保存，早上煮一锅，没吃完的米饭装入便当盒，加一颗梅干，铺一层海苔，中午带到外面在公园里吃，或在家里享用都可以。

除了土锅，我还有三个锅子，平底锅、咖啡壶和大锅，平底锅的使用频率最高，炒菜煎蛋拌沙拉，我都在这口特氟龙不粘平底锅里完成。咖啡壶方便加热咖啡或牛奶，形状有点像土耳其咖啡壶，大锅是

八平米的料理台（都筑响一摄影）

来自俄罗斯的珐琅铸铁锅。大锅主要用来做汤，冬天煮一大锅的鸡肉南瓜汤，后续的两天就不用做主菜了，一边喝汤一边啃法棍。做菜的时候不能忘了开空气净化器，因为这间房子不带换气扇，实际上是不适合做菜的，所以我在房间里很少爆炒或烤鱼。爆炒猪肝和烤秋刀鱼是我的最爱，想吃这些就去附近一家食堂，反正一个简单的卡式炉火力不够，做不出这些菜肴。

调料种类也不太多。米醋、盐和味噌三种是必备的，油脂是橄榄油或芝麻油二选一，听说酸败的油脂对身体不好，我买的油都是容量最少的，还没用完就绝不买另一种。酱油虽然是日料中不可缺的调料，但我实际生活中用得并不多，只有需要的时候才买一小瓶，便利店的100毫升包装是我的最爱。味噌我固定在附近老铺买，有一百三十年历史的江户味噌，300克才花人民币二十多元，份量也刚刚好，做几次味噌汤、炒菜即可用完。糖类只有蜂蜜，涂吐司用，其他调料就只有七味唐辛子、黑胡椒和肉桂。

至于蔬果和其他食材，基本属于当天购买当天食用，但下雨天或

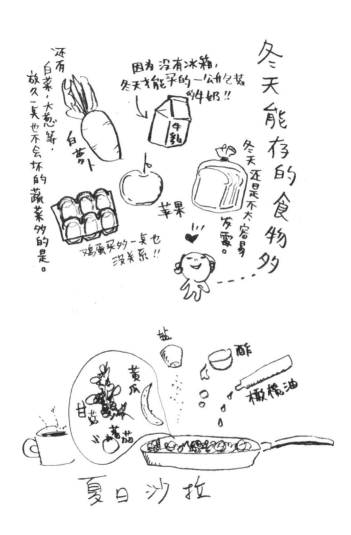

八平米料理（作者手绘）

其他原因根本不想出门时，还会准备几样适合常温保存的食物，如大米、生鸡蛋、常温奶、真空包装咖喱汁、速溶味噌汤、麦片、坚果、巧克力以及各种罐头。

大米来自附近一家米店，他们接受零售，一公斤起售。每次购买我会尝试日本各地生产的大米，按菜肴可以选择比较合适的大米种类，北海道的"七星"适合咖喱或炒饭，白米饭我个人最爱日本东北地区生产的"艳姬"。鸡蛋不放冰箱也能保存两周，常温饮品我买200毫升的牛奶和豆汁，保质期有两三个月，这个份量喝一杯牛奶咖啡或吃麦片都刚刚好。真空包装咖喱汁是在东京的移民区新大久保购买的，印度进口，量多便宜。速溶味噌汤主要用来化解夜间饥饿，坚果和巧克力也算是零食，麦片为早餐食用，豆奶＋麦片＋香蕉＋肉桂，再煮一杯清咖就很完美了。

水果我只买可以常温保存的苹果、橘子、西柚、奇异果、香蕉等，蔬菜也是以卷心菜、胡萝卜、茄子和生姜等为主，所以我冬天吃蔬果最多，因为房间冷，放几天也不会坏。最让我痛苦的是夏天没法买一

上图：本来是为了工作、用餐买的咖啡桌，已经变成一个食品贮存处。

下图：秋日的栗子饭便当，做便当的时候也会听收音机。

做成便当的午餐，在家、图书馆食堂（可以自带食物）或在公园吃。下面是打八折的口袋三明治面包（土豆、玉米粒加蛋黄酱），花生酱三明治是我的最爱，但经常售罄。

上图：简单的午餐，纳豆和梅干酱。

下图：日式红烧鰤鱼，下面是糙米饭，边吃边工作。

整个西瓜，因为怎么吃都吃不完。在日本西瓜算是高级水果，一个西瓜至少要人民币一百多元，等下一次有机会夏天去中国，必须要让自己痛快地吃个够。

我平时做饭比较简单，最基本的组合是米饭、味噌汤和"煮物"（日式炖菜），若能买到好吃的法棍，就做一份简单的沙拉。羽衣甘蓝沙拉最简单，把甘蓝菜洗净后用厨房剪刀剪成小段，用米醋、橄榄油、盐和黑胡椒调味即可，也可以加点核桃，在卡式炉上用烧烤网把法棍切片烤一下。记得烧烤网是在一家特别不起眼的五金店买的，人民币三十元不到，老板跟我说没想到现在还有人用这个来烤吐司。小时候夏天在外婆家住几周，早上她用烧烤网在瓦斯炉上烤吐司给我吃，可能是因为这段小小的回忆，我偏爱用直火烤的吐司片。因为没法冷藏保存，没吃完的东西我就放在便当盒里，尽量在当天想办法吃掉。

肉类或海鲜类我吃得比较少，每次购买的量都是在当天能消化完的范围内，做多了等于是浪费，或只能让自己撑死。可能有人觉得超市搞特价促销时没法囤货有点吃亏，我之前是有过冰箱的，还经常把冰箱塞得太满，食物一不小心就过期或变坏，非常耗电，买促销产品能省的钱也有限，所以现在养成一个习惯，当天要吃什么就买什么。也是出于同样原因，我在超市也没那么在乎包装上面的"最佳食用日期"，牛奶、猪里脊、豆腐或纳豆，都会直接拿起前排最外面的，只要没过期即可。以前我喜欢挑新鲜货，宁可伸长臂膀拿后排的东西，现在这对我来说也没太大意义了，反正买回家很快就会吃光。

实际上，目前没有冰箱的日子，很大程度依赖于城市的生活环境，附近有便利店、超市和小餐厅方可维持。到日本所谓的"乡下"，我常发现三公里内唯一的超市在晚上九点结束营业，便利店也只有一个，相信那种环境里像我目前的"八平米"生活是不能成立的。哪怕在大一点的城市，若夏日夜晚走回家的路上买不到一瓶冰镇的苏打水，我也会认真考虑买一个小冰箱的。

我还记得第一次走进八平米房间时的感觉，我跟房屋中介说："其实这个房间也没那么小。"确实，只有四张半榻榻米大、东边和南边都有玻璃窗的房间显得明亮宽敞，那是一种脱离物质束缚的自由感。我们眼前的"平常"是很脆弱的，总有一天我也得离开八平米，那我想尽量享受目前东京这个城市所提供的便利性。相信在这种生活中累积的思考方式，将是到人生下一个阶段时的基石。

周五的成就感

　　中国的朋友们经常夸赞我们垃圾分类做得好，他们常说，听说日本有个地方丢垃圾需要分门别类四十多种，这么认真严谨不怕麻烦吗？我听着有些心虚，因为在东京生活这么久，从小到大做过的垃圾分类顶多六七种，只能含糊不清地回道，还可以吧。

　　后来我查出这个有四十多种垃圾分类的地方叫"上胜町（Kamikatsu-chō）"，位于日本西南部四国地区的德岛县，是一个人口不到一千六百人的小村庄。他们一开始也没有很强的环保意识，在二十世纪六七十年代经济高度发展期间，该村庄的垃圾处理方式以焚烧为主，不管是厨余、纸类、塑料、冰箱或汽车统统集中在空地进行焚烧，污染严重，臭得要命。一九九一年，当地政府从厨余着手，开始为居民提供堆肥处理器的购买补贴，让居民在家进行厨余垃圾无害化，发酵成有机肥料，到一九九五年该村庄的堆肥处理器普及率达到百分之九十七。二〇〇〇年《废弃物处理法》的第三次修正明确禁止垃圾的露天焚烧，当地政府提前买来两台小型焚化炉，但很快就发现进行高温焚烧后的灰渣每三天即达两百公升以上，这些灰渣又扔去哪里呢？于是他们决定做垃圾的分类回收，政府职员东奔西走找来各类资源回收公司，不到二〇〇〇年就形成了25种资源回收的系统。这一分类项目到第二年增加到35种，二〇一六年达到45种，目前该村庄百分之八十以上的垃圾被回收再利用[*]。

我目前在东京进行的垃圾分类有两种，一种是"可燃垃圾"（如厨余），还有一种是"可回收垃圾"。后者又可以分成四类：塑料、纸类、玻璃瓶和铝罐。我在小厨房里使用卡式瓦斯炉，每一周会用完一两罐瓦斯，这些特殊垃圾不能和铝罐一起扔，有单独的回收日[†]。这样分类也不到10种，那么同样在日本的东京和上胜町，为什么这两个地方的垃圾分类数目会有这么大的差异？其主要原因是垃圾处理能力，上胜町居民是自己进行垃圾分类，东京是雇佣专属人员来负责。

---

[*]　出自上胜町官网上的文章《上胜町"零垃圾"的历史》，网址：https://zwtk.jp/history/。

[†]　现在有不少公寓配备垃圾房和管理员，居住在这些地方只需要将垃圾按规定分类后放置于垃圾房即可，管理员会在规定日期统一运至收集处。

为了提升空间利用度，我把垃圾都挂在空中。前阵子日本流行台湾地区生产的"茄芷袋"，别称"阿嬷手提袋"，从台北买回来之后我也用了一阵子。厨余先装在塑料袋并封口，塑料盒、铝罐或玻璃瓶清洗之后也分别装进塑料袋，还有纸类资源都放在不同颜色的袋子里，到各自的回收日再取出来扔掉。（都筑响一摄影）

比如上胜町的回收站一律不接受厨余，让居民用堆肥处理器自行回收处理，而东京投入税金造出设有集尘装置的巨大焚化炉，所产生的灰渣用来填海铺路。垃圾焚烧过程另外产生的大量的蒸汽和热水，这些热能则集中循环利用，比如我每周去游泳的公共恒温游泳池，它的热源就是来自同一个区域里的垃圾处理厂。

在东京做垃圾处理的工作，其实蛮能赚钱的。东京有几处回收中心，对居民初步分类过的垃圾资源进行再次更细致的分类，如：日本国内生产的PET塑料瓶大部分都是透明的，但有些进口饮料容器使用有颜色的PET，两者要分开处理；有人会把各种金属、喷雾罐或电池混杂到铝罐类资源，要用磁铁或凭老手的直觉挑出来；杂志若有烫金工艺会影响再生纸的质量，需要去掉。这些岗位月收入在二十万日元上下（约合人民币一万元），其实和普通上班族差不多，而且不受经济波动的影响，有双休，下午四点半准时下班。只要你有充分的体力和毅力，当垃圾回收员也不错。我曾经采访过一位搞笑艺人泷泽秀一（Takizawa Shūichi），他从二〇一二年开始一边从事搞笑演艺工作，一

塑料瓶、铝罐类资源回收桶，到周四晚上当地"自治会"负责人放置于资源回收处。
自治会类似于中国的居委会，居民基于地缘关系自发组建的公民组织。

边担任垃圾回收员，即使演艺工作的收入不足，另一份工作也足够让他养活一个小家庭。他还偷偷地告诉我，搬运垃圾能练出一身肌肉，很多同事身材极好。"而且从事这行业的大多还是男性，偶尔来了一个五十多岁的女性员工，有人买饮料送给她，有人拼命夸她年轻，待遇极好。"他笑眯眯地说。

听到这里我有点心动，但一位工作经历极为丰富的咖喱店同事提醒了我，垃圾袋在回收车的翻桶里容易破掉，回收员经常被泼到污水，在盛夏酷暑中工作又让人容易中暑，"习惯整天对着电脑的人肯定做不了"，他说。听完我又早早放弃了这个念头，还是先把自己的垃圾照顾好再说。

我在中国生活时，"扔垃圾"意味着把垃圾装在塑料袋，带到楼下扔在垃圾桶里即可。垃圾桶有两三种不同的颜色，但好像没人在乎这几个不同颜色垃圾桶用途的区别。到晚上把这一天的生活所产生的垃圾统统拿到楼下扔掉，这样感觉家里是干干净净的，可以睡个好觉。纸类我会另外保留，到一定分量就请外面的师傅来称一下，总能赚点小钱。家电、玻璃等大件垃圾也可以放在垃圾箱旁边，总有人会来拿走的。给我印象很深刻的是马桶，可能回收员也对它不知所措，那些白色陶制马桶经常在路边留很久。当时觉得很有现代艺术风味，用相机拍摄过几个，现在找不出来了，有点可惜。

我回到东京之后有一段时间不太习惯的，其实不是垃圾分类，而是垃圾回收日的规定。签订租房合同时中介给了我一些当地生活相关的资料，其中一张是关于垃圾回收日的：

周一：可燃

周二：无

周三：塑料

周四：可燃

周五：纸类、玻璃瓶、塑料瓶（PET 材料）以及铝罐类

所有的垃圾必须在上午八点前放置于所规定的垃圾回收站。不能

提前一晚扔出来，免得吸引流浪猫或乌鸦觅食，把垃圾露在野外太久，还会造成个人信息泄露或纵火案件。垃圾回收车一般在八点十五分到我家附近，如果没有赶上这个时间，垃圾就得在家里存放几天。厨余只能在每周两次的"可燃垃圾日"扔，冬天这样还可以，但一旦到了炎热的夏天，有些厨余的味道没过二十四小时就变得让人难以忍受。我曾经有一两次在床上迷迷糊糊地听见垃圾车开过来、快速装上垃圾又开走的声音，之后的三天我只能忍气吞声地与一大袋的厨余共存。

毕竟房间就这么小，又没有另外的隔间可以存储垃圾，怎么处理垃圾的臭味对我来说是个紧要的问题。我在八平米房间里的环保行为是从这个角度出发的，首先购买食物时考虑清楚自己的食量和这几天的用餐安排，房间又没有冰箱，能吃多少就买多少，绝不要产生因过期或变质而丢弃的食物。再来是购物种类与相应的时间安排，海鲜类的垃圾（如鱼皮和鱼骨）味道最强，我买这些食材尽量安排在周日或周三，这样可以在第二天的"可燃垃圾日"马上扔掉。还有一个办法是防臭垃圾袋，比一般的垃圾袋更能锁住异味，一般是用来装宠物的排泄物或处理使用后的尿不湿，一盒内装一百只，一千日元 / 盒，等于是一只十日元（人民币约合五毛钱），按我的节奏一天顶多用一张。刚开始时我有点半信半疑，结果用了这种垃圾袋之后房间里果然没有一丝垃圾臭味了。现在市面上有几款家用厨余烘干机，可以把湿垃圾的面积缩小、重量变轻，也不会产生臭味，用户评价也不错，一台两三万日元（约合人民币一两千元）。但话说回来，我的房间这么小，为了处理垃圾而购入新家电，也有点本末倒置。

除了味道之外，让人伤脑筋的还有塑料类。现在太多的食品被装在塑料盒里了，尤其是在超市里销售的食物，如肉块、鱼肉切片、酸奶、豆腐、鸡蛋、小番茄、鲜切水果等，这些塑料盒体积一般比厨余类可燃类垃圾大，有时候买完东西一两天就可以装满一个一次性大塑料袋。在我的小房间里，这些塑料类垃圾多了，就会直接影响到我生活空间的大小，于是我在选购阶段尽量少买装在塑料盒里的食物或商品。从这点来看，中国的传统菜市场比日本超市环保许多，肉类、豆腐和蔬果都没有太复杂的包装，产生的垃圾也不多。不过现在中国也有越来越多的人开始逛超市购买一周食材，不少上班族为了节省时间在网上下单买菜，这些食材用塑料容器包得规规整整的，估计他们要扔的塑料类垃圾和日本家庭的一样多。

因为我经常出远门，一出去就好几天不回来，所以在出门前几天就开始设想该如何处理垃圾，若自己不在家的时候把垃圾（尤其是厨余）留在房间里，后果可想而知。最好是出发日能安排在可燃垃圾的回收日，这样出发当天就可以把厨余扔掉。一般情况下很难安排得这么合情合理，不过安排不上也问题不大，过了出门前最后一次可燃垃圾回收日之后，在家里尽量不吃东西，三餐都在外面解决就行。

在外面吃早餐，要传统一点的话可以选松屋、吉野家等牛肉盖饭店，从早上五点开始就提供米饭、味噌汤、纳豆、海苔或生鸡蛋的早餐组合，价格在四百日元上下（约合人民币二十元）。如果吃西式早餐，在新宿站地下的酒吧"BERG"是我的最爱，一九七〇年创办的左派老铺，咖啡、面包、土豆沙拉和水煮鸡蛋（可选半熟）的早餐组合也才四百三十日元，虽然貌不惊人但味道惊艳。这家提供早餐的时段比一般咖啡馆要长，从早上七点到中午一直都有，即使稍微睡过头也可以到店慢慢享受。中午和晚餐就随便选，反正出门之前要做的事情很多，不做饭还可以省点时间。

　　周五早晨我比较忙。因为这一天回收的垃圾种类多，我蹲在八平米房间门口进行分类，罐头是事先已经洗干净的，再闻一闻是否有异味，玻璃瓶表面的标签贴纸要撕干净，饮料塑料瓶也要撕塑料标签。纸类要更注意一些，不是所有的纸都可以捆绑在一起，有油污的纸（如披萨外卖包装纸盒）不能回收再利用，只能当可燃垃圾扔，洗衣粉包装纸箱也因为留有强烈香味，同样不能回收。牛奶盒分解成纸浆的过程比较复杂，要和其他纸类分开捆绑，如果是内层带铝箔的就得归类为可燃垃圾。附近有一家超市提供带铝箔牛奶盒的回收服务，但为了这件事带牛奶盒出门去买东西有点麻烦，我干脆买牛奶只选包装不带铝箔的。其实牛奶盒的回收是我小时候就开始的，把牛奶盒洗净、解开后可以拿到超市柜台换卫生纸，十个牛奶盒换一卷卫生纸，从小习惯收集牛奶盒，长大之后也不敢随便扔了。

我居住的地方每月有两次旧衣服的回收日，邻居扔的旧衣服上面有写："资源垃圾（周五）"。回收的旧衣服，有的捐往灾区，有的被卖到海外，比较劣质的用来做工厂用的"抹布"。

废旧电视机、冰箱等家电或书桌，凡是尺寸超标（30厘米以上）的都被划分为"粗大垃圾"，东京二十三区行政机构官网上都有垃圾分类列表，按每个物品的名称可以判断可否回收，也可以预约回收日期。所属费用以垃圾尺寸而定，公家办事，不会太贵，我曾经扔过一个小柜子，回收费用大约在四百日元，在便利店购买印有编码的"大型物品回收券"，等于是"准扔证"，把这个回收券直接贴在物品上，在预约日的早上八点前搬到指定地点即可。所谓的"指定地点"也就是平时的垃圾回收站，有一次我当天早晨按时把柜子放置于回收站，不料，中午接到回收站的电话，对方说你要扔的柜子没找着。我有点怀疑人家找错了地方，跑过去一看，果然柜子消失了。后来又有一个早晨，我在同一个回收站看见一位老年人仔细端详一把被丢弃的小椅子，买完早餐回来时椅子和老年人都不见踪影。其实这样也不碍事，反正有人愿意回收就可以了。

　　从我个人经验来说，垃圾回收日的规定确实有点烦，但有助于整体垃圾量的减少。每周只能在特定的一两天扔某种垃圾，这意味着你没法跟自己所产生的垃圾马上道别，强制性和垃圾共处的时间会让你想办法减少垃圾，不管在超市或商场，在购买前你就会想到回收的问题。而且因为有固定的回收时间，其他时间段的回收站是不会有垃圾的，能够保持卫生，反观如果垃圾回收站二十四小时"开放"，随时都可以扔，这块地方就永远干净不了，多多少少会影响到周围的环境和大家的心情。

　　这样回头来看，垃圾处理对我生活的影响也不小。每周到了纸类和罐头玻璃都处理完毕的周五上午，我的心里会有一种成就感。同时我会想，现在整个地球对人类活动的承载量快达到饱和点，我们其实不应该停留在这种轻盈的自我满足的状态，而是更加要向上胜町的居民学习。

走出八平米

いってらっしゃい
（路上小心）

いってきまーす！
（我出门了）

错过"终电"的夜晚

　　住进八平米房间之前的一段时间，我在茨城县离父母家不远的地方租了一个四十多平米的房间，到东京单程需一个多小时。房租不贵，两室一厅约合人民币三千，厨房足够大，周围没有高楼遮挡视线和光线，在大阳台上眺望远处、喝着饮料，很是惬意。骑车十五分钟有一家公共游泳池，每周去个几次，游完一千米，回家路上在一家老铺买和果子，过着健康快乐的生活。住了不到一年，我放弃了这个房间搬回东京，主要原因是"终电"带来的烦恼。

　　"终电（shūden）"指的是电车或地铁的末班车。住在茨城县的那段时间，我经常去东京办事或见朋友，所有的活动必须在深夜零点之前结束，不小心错过末班车只能在东京找地方过夜。

　　东京的"终电"那么拥挤也是有原因的。之前在海外生活，如上

咖喱店打工的同事是音乐人，偶尔出现在深夜进行"路上演出"。她住在附近，没有"终电"的烦恼。

海或北京，末班车上的乘客并不多，有时候一个车厢内乘客寥寥无几，估计首先是因为大家的生活习惯不同（我总觉得北京人比东京人睡得早），另一个原因是出租车的费用并不高，错过末班车还能打车回家。但换到东京，坐出租车回家对我这种自由撰稿人来说可谓奢侈到极点。东京 23 区（市中心）的起步费约合人民币二十八元 / 公里，之后每公里约二十元，深夜时段（22 点至次日 5 点）还要加 20%，距离稍远一点辛苦赚的稿费都没了。

但万一错过了"终电"，在东京该如何过夜？大部分人的首选是胶囊旅馆，至今我也试过至少七八家。住宿体验虽然没有普通酒店舒服，但休息和洗澡方面的基本需求都能满足，一个狭长的小空间只需人民币两百元左右，有时还会送你一份早餐。唯一的问题是大家想的都一样，等发现没有末班车的时候，东京热门的胶囊旅馆都被订满了。女性的情况更困难一些，为女性提供床位的胶囊旅馆本来就不多（应该是出于安全考虑），不少胶囊旅馆是男性专用。有几次我在网上好不容易找到还有床位的胶囊旅馆，点进去却发现"男性限定"标志，那只能改选 B 计划了。

我的 B 计划是二十四小时营业的"漫画喫茶"（漫咖店），通宵 8 ~ 12 小时套餐一般在人民币一百五十元上下，比胶囊旅馆便宜少许，不过你只能躺在大厅的大班椅上。在漫咖过夜我试过两次，有的地方还有女性专用楼层，但不能指望很完美的睡眠环境，只能说比在麦当劳店里趴着睡好一点。因为我在漫咖没法睡着，索性看了好几本《黄金神威》，数年后写了一篇关于阿伊努文化的文章，写稿的时候脑子里闪现漫画人物为我加油，感觉错过末班车也不完全是坏事。

人生多一分选择，你就多一分自由。后来我找到另外一种过夜的方式，就是看电影。据我所知，东京至少有六七家电影院到深夜都不关门，大型影城和小众独立电影院都有，有的凌晨两点多才开始放映。只要你体力充沛，一两百人民币（在东京吃一顿好一点的午餐的价格）能观赏经典电影又能打瞌睡，其实挺不错。看完电影出来，外面天已大亮，乘坐首班车回到茨城县，在车站附近的快餐店"松屋"吃日式早餐，白米饭、味噌汤、纳豆和海苔，吃完回家好好补个眠。

漫咖内景。免费提供枕头、毛毯和拖鞋。漫画种类足够丰富，图为漫画导览杂志《这本漫画真厉害！》（このマンガがすごい！）推荐过的漫画作品专用书架。

如今居于东京中心地带，哪怕贪杯到深夜，总能想办法回家，基本不愁过夜问题。但偶尔会有几个晚上不太想自己过，也不希望打扰到朋友们，这时候我会去独立电影院"新文艺坐（Shin-Bungeiza）"打发时间。

从 JR 池袋站（东京都丰岛区）东口往北走几步拐弯，脱衣舞剧场"池袋 Mikado"的斜对面就能看到大型弹珠 * 店 MARUHAN† 的大牌子，新文艺坐就在这栋楼的三层。这家电影院名称中之所以有"新"一词，和它的历史有关，其原型为一九五五年创立的"文艺坐"，作家三角宽（Misumi Kan，1903—1971 年）是文艺坐的经纪人，吉川英治、德川梦声、井伏鳟二等著名作家投资入股，是名副其实的文艺风格电影院，附设电影相关的书店和地下剧场。

当时的文艺坐属于日本五大电影公司之一"松竹"旗下的电影院，到了七十年代转型成为"名画座（Meigaza）"。在日本，放映新作品的影院别称"封切馆（Fūkirikan）"，大部分影城属于这一类。还有另

---

* 弹珠：别称为"柏青哥"（源自日语パチンコ/pachinko 的读音），日本常见的赌博游戏。

† MARUHAN：全称为 Maruhan Corporation（株式会社マルハン），该公司由韩昌祐在 1972 年设立，是全日本最大弹珠游戏连锁店。

外一种电影院叫"名画座",放映内容以小众而高品质的作品为主,新作二轮或老片特集,几年前或几十年前的名作都有,票价比大型影城便宜些,或采用一张票两片连映的"二本立"(罗马音:Nihondate,英文:Double feature)。

影像租赁服务普及后,很多电影院的生意开始萧条,文艺坐也在一九九七年一度关门闭馆,但三年后的二〇〇〇年十二月十二日(也就是导演小津安二郎的生日暨忌日)宣布重整旗鼓,改名为"新文艺坐",开幕当天上映黑泽明的《七武士》,这也表示新文艺坐有意继承原来的文艺路线,至今它的放映内容以小众而高品质的作品为主。我一直觉得一家名画座和弹珠店在同一栋楼里有点怪,后来得知其背后有原因,这家弹珠店 MARUHAN 的会长韩昌祐先生是从赤手空拳到成为大企业家的在日韩国人,年轻时喜欢看书看电影,得知文艺坐的经济危机就决定伸手帮忙。知道了这段历史,我开始对 MARUHAN 的大牌子和巨大屏幕有了一点好感。

新文艺坐有 266 个座位,采用杜比立体音响系统 Dolby Digital EX,

新文艺坐的"二本立"节目表，这次集中介绍昭和时代的刑警题材电影。（摄于2020年）

这里一律禁止观众自带食品，不用担心看电影时被别人拆开薯片包装的声音打扰，可以完全投入到电影的世界里。一张票（一千七百日元，约合人民币八十五元）两片连映，和大影城的成人票价一千九百日元相比，这二本立的形式还是非常划算的。这一点我和这里的资深员工花侯良王（Hanamatsu Ryō）先生＊聊过，他说二本立在西方比较普遍，但在日本很多年轻人都不知道它意味着什么。

"不说年轻人，四五十岁的中年人都习惯去复合式电影院（Cinema complex），他们想都没想到看电影除了去影城或上网还有独立电影院可以去。"他苦笑道。

二本立的一个特点是两部电影的组合，你对其中一部作品感兴趣，而另外一部电影可能没听说过。但这也是强迫你去认识新导演或电影类型的机会，而且新文艺坐专业人员挑选的作品都很有水平，基本不会试错。有时候看似互不相关的两部电影，仔细想想还是有一丝内容或视角上的联系，比如讲述故事的方式、同一个导演的新旧作品等等，解读这些背景也是一种乐趣。现在我喜欢的导演们，

＊　花侯良王先生现为该电影院的经纪人。

新文艺坐门口风景，附近的上班族常来这里看近期上映电影日程。

如法国的阿涅斯·瓦尔达和克里斯·马克，韩国的奉俊昊、李沧东和洪尚秀，以及日本的小栗康平和内田吐梦，若没有这家独立电影院的"指导"，应该一辈子也不会特意去看。从这个角度来看，独立电影院对我来说已经不是娱乐场所，而是成人学校般的存在，不停地为我灌输新的经验和价值观，这也是它和所谓影城（其片源通常比较单一）的不同之处。靠着对这家电影院的信赖，把听都没听过的电影作品花两个小时看完，这也是隐形的社交和学习渠道。

花俟良王先生是言谈举止文雅得体的中年男士，他从学生时代经常来这里看电影，自二〇〇〇年新文艺坐重新开办以来一直在这里工作，可谓"硬核"电影爱好者。平时比较少见到他，但偶尔在大厅浏览电影介绍打发时间时，会遇见出来买咖啡的他。花俟良王先生说希望更多的年轻人能够来到电影院看电影作品，因为来一趟电影院本身会是很重要的生活经验和教育机会。

"在黑暗中和别人一起看电影，你会听到别人的笑声或哭声，慢慢体会到什么东西叫作幽默，有什么事情能够让人感动。若你在自己的床上单独躺着看电脑（屏幕上的电影作品），这也是一种经验，却是单向的，你不知道让自己发笑的场景，别人看了到底会是什么样的反应。再比如，在电影院里偶尔遇到吃东西声音很响的人，又听见一个大叔骂了那个人，你就会知道自己发出的声音大到什么程度会引起别人的不愉快。我们就是这样学会和别人共处的技巧。"

新文艺坐放映的电影作品每年有七百部以上，故此电影的放映周期比较短，每一部作品在一周左右。花俟良王先生从放映助手的工作起步，现在参与上映作品的挑选，还负责计划每周六的 All Night（通宵放映）项目。通宵放映从晚上十一点左右开始，连续放映三四部作品直到凌晨五点多才结束，票价约合人民币一百五十元。得知有了这个项目，周六成为我最不用担心错过"终电"的一天了，直接到这里欣赏韩国导演洪尚秀的作品，或初次认识法国的埃里克·侯麦，虽然看到电影后半段脑子已不太清醒，但天亮的那一刻有独特的满足感。

几次 All Night 放映前我都见过花俟良王先生，他在台上向观众们介绍当天上映的作品，包括导演的经历、编剧的性格以及曾参与过

新文艺坐大厅里陈列着大量的宣传单，大部分信息来自东京各地的独立电影院。

的其他电影。我跟他说起这事，他挥挥手说其实自己紧张得不行。然后他又说了一段话，我至今记忆犹新：

"我们办通宵放映会的根本原因，其实还有一个重点，就是我们想通过通宵放映跟年轻人说，每个人的人生都很有意思。你想想，有人喜欢在周末的晚上出来看通宵电影，这种生活方式已经有一点与众不同，他们很可能属于不那么容易融入主流社会的一群人。我是希望新文艺坐能为那些人提供一个安心坐下来的地方，这里放映的电影也许很小众、不主流，但我们就觉得这样很好，这才是人生嘛，每部电影、每种人生都那么不一样，每个作品都那么好看。那你也一样，和别人不一样没关系，这是好事。我也是过来人，吃过苦，遇到过很悲伤的事情，在某种程度上电影救了我。所以我相信电影是有力量的。"

他的话仿佛有人在深沉冰冷的黑夜里倒了一杯热茶给你，原来在这座大城市里，还有这么温柔的眼光。这感觉又像马来西亚导演雅丝敏·阿莫的作品，用她温柔的眼神来看这个社会，听完之后，我心中对东京风景又多了一丝亲切感。电影是一个捷径，让你透过荧幕丰富自己的人生观，也能从不同的角度来理解眼前所发生的事和各种各样的人。

喝完纸杯里的最后一口咖啡，花俟良王先生说道，各种社会环境正在变化，他们的压力也不小，现在的社会里"干干净净的、被精心设计过的文化"有点多。"所以我希望通过电影，尤其是面向年轻人，介绍更多的文化形态和价值观，因为就像有不同的人一样，文化也不能那么单一。"花俟良王先生的话刚好说明了独立电影院在城市里的位置，它通过对主流的挑战确认自身身份，弥补了消费主义社会中的间隙。

错过"终电"的夜晚，独立电影院是打发时间的好去处。对独立电影院来说观众是共谋者，一座城市文化的多样化不会从天而降，东京的独立文化如此繁荣是人们协力争取和奋斗的结果。新冠肺炎疫情中东京发表过几次"紧急事态宣言"，电影院也不得不宣布歇业，之后据我所知至少有两家独立电影院不再开门。我深切感受到了一种文化危机，疫情之后尽绵薄之力，开始了"独立电影院巡礼"，至少每周看一场。虽然杯水车薪，但总好过袖手旁观，这也是一种成为当地人的方式。

错过"终电"的夜晚

早上八点关门的喫茶店

    日本有很多咖啡馆，日语中可以分为两种："Café"与"喫茶店（kissaten）"。前者等于像星巴克那种店铺，轻松、时尚、惬意，又有适当的情调，而喫茶店这个词给人的印象是一家老铺或不起眼的小店，通常由一个老板／老板娘或一对夫妻运营，可以抽烟，提供并不时尚的轻食，如吐司、布丁或意大利面。对我个人来说，这两者的区分更加简单：带个笔记本电脑查资料打打字也不会被别人翻白眼，那这家属于café；而一家喫茶店的历史一般比电脑长，根本没考虑客人需要电源的可能性，咖啡桌也很小，顶多足够放一杯咖啡、一包香烟或一本文库本。也不碍事，因为来喫茶店的目的就是喝咖啡、聊天、看报、发呆，或者是与店主闲聊两句。

    发现这家喫茶店全靠偶然。首先它是在一栋非常不起眼的水泥楼的二层，虽然在玻璃窗上贴有喫茶店的名字，但玻璃窗上布满灰尘，绝不是很能吸引人的样子，甚至让人猜不出这家店还开不开。

几年前我还在北京常住，有一次回国，本来准备在父母家写稿，结果发现家里的诱惑太多，母亲拼命买好吃的给我，房间里有太多让人怀旧的书和照片，一翻开就是几个小时，让人无法集中精力，我便决定在东京的一家廉价酒店住一周。酒店位于东京的最东边荒川区，在 JR 南千住站附近。

南千住站离浅草不远，走到浅草寺的路上会经过山谷 * 地区，是东京最出名的宿街（Doya-gai）†，就是短工工人聚集处。这里的日薪体力劳工们曾修建高楼大厦、马路与桥梁，为日本经济的高速发展做出贡献，如今他们又逃不过老龄化，现在整个山谷已经失去了过去拥有的活力和精神。浅草寺所在的东京都台东区还有个地方叫吉原

---

* 　山谷（Sanya）：指东京都台东区清川、日本堤、桥场以及荒川区南千住一带，
　　1966 年前分别为台东区浅草山谷 1—4 丁目，但因 1962 年施行的《住居表示法》，
　　1966 年"山谷"这个地名消失了。该法实施后日本不少有历史背景或人们熟悉
　　的地名都消失了。

† 　日语的有些隐语会把原单词的音节颠倒来发音，比如"basho（地点、地区）"
　　变成"shoba（黑道人士做生意或获取租金的势力范围）"，"tsure（連れ / 伙伴）"
　　变成"retsu（意思也变成'共犯者'）"等。"宿"本来念成"yado"，但特指日
　　薪体力劳工栖身的"简易宿泊所"时，它会变成"doya"。

"山谷"风景，虽然没有往日的热闹，但还留有不少建筑工人住的简易旅店，一家挨着一家。

（Yoshiwara），是曾经的日本第一花街、江户时代公开许可的妓院集中地，这个传统到现在也没有消失，这一带风俗店的招牌林立，还有一股妖艳之气。不过说回南千住站所在的荒川区，因为地价比较便宜、交通方便，如今已经成为廉价酒店的聚集地，疫情之前吸引了蛮多海外年轻背包客。

我所住的酒店是韩国人开的，价廉物美，走几步路就有一家小超市，生活方便。下午出去买东西，发现隔壁一栋水泥楼，第一层是颇有昭和风格的服装店，以工作衣、手套、袜子和防寒大衣为主，一看就是体力劳动者的专用店，但款式有些过时，玻璃窗里的衬衫积了少许灰。二楼的玻璃窗外贴有店名"金星堂咖啡"，但通往二楼的玻璃门是关着的。我没抱太大希望，向正打瞌睡的服装店主人询问："请问，二楼的喫茶店还开着吗？"

主人大概六十多岁，有少许白头发，体形略发福，他眯着眼睛道："开着的。不过你得早点来。他八点就关了。"

现在才下午四点不到，于是我继续问："您说的八点是晚上还是

金星堂招牌，远方可以看到东京晴空塔。

早上？"主人简单回了一句"是早上"，但我还是不敢相信。他耐心解释道："嗯，早上八点关门。店主凌晨三点多就开门呢，咖啡什么的做得挺认真的。"

早上八点就关门的喫茶店！我抑制不住自己的好奇心，第二天早晨五点多就跑到隔壁的水泥楼。我半信半疑地抬起头，果然看见二楼的玻璃窗是亮着的，然后视线下移，发现门外有一块非常老旧的塑料牌，写着"OPEN"。我感觉自己还在梦游，通往二楼的楼梯非常陡，属于完全没有"无障碍"意识的昭和旧式建筑风格。喫茶店的门是嵌着玻璃窗的一块木板，透过玻璃，我看到里面已经有几位客人，也听到电视机的声音。

"哟，Irasshai（欢迎）。"

推开门的刹那，老板温柔的声音和客人抽烟的烟味扑面而来。店里有五张小桌子，看来这家咖啡馆是老板一个人在照顾。里面有两位上了年纪的男客人喝着咖啡，仔细研究着赛马报。老板也是一位白头发的老年人，年龄估计七八十岁，瘦长身躯，白色衬衫搭配一条吊带裤子，衣着虽有些老旧，但笔直的裤线让双腿看起来很修长，能看出他对衣着很用心。他脚上还穿着雪駄[*]，样子特别俊秀。他从吧台椅上慢慢站起来，走到一个小咖啡桌旁边，情意恳切地为我拉椅子。

我点头道谢，要了一杯热咖啡（ホット /hotto），老板说没问题，又说道："要不要给你烤个吐司面包呢？早餐套餐，加面包不用钱。"老板的眼睛对着我温柔地微笑，我也跟着开心起来，用力点头。

不知为何，从这一刻起我们就变成朋友了。店里的客人稍多起来，他们进门先跟老板相互打招呼，老板给客人倒杯水，走回吧台开始烤吐司，看来都是常客。这些客人六点过后开始一个个离开咖啡馆，没到六点半他们都散了，老板给自己倒杯咖啡，和我闲聊几句，是不是来东京观光呢，住哪儿呀，做什么的。我一一回答，老板静静地啜饮咖啡，我也问了他几个问题，比如这家咖啡馆为什么开得这么早。

原来，咖啡馆的营业时间和当地的生活节奏有关系。金星堂的常客都是居住在附近的体力劳动者，他们早晨五六点在这附近集合，乘坐雇主派来的面包车一路奔至几十公里外的千叶县或神奈川县，

---

[*] 雪駄（setta）：日本传统的鞋子，与使用稻草和竹子制成的平底鞋"草履（zōri）"相似，雪駄为了防水在草履的内层加上动物的皮，在脚跟的部分也加了半月形的金属片，故此提升了耐磨程度，便于在下雪或下雨时行走。

有时候会更远。他们居住的空间都比较小，稍微一走动可能会打搅别人，所以去干活之前一般都在外面解决早餐，空间舒适也自由自在，金星堂算是这一带唯一能够满足他们需求的地方。

"以前开门时间是凌晨四点，后来有一个冬天来了三个男人，我认得出是来过这里吃早餐的。他们说平时工作的地点比较远，面包车四点钟就开过来，所以想让我三点半开门，这样可以一边喝咖啡一边等车。我说三点半是可以的，但不希望是三天的热乎劲儿，来几天就不来了。他们认真点头说肯定没问题。之后我三点一刻开门，他们也非常守约，每天过来喝咖啡。"

今天我看到的几位客人到五点多还悠哉地喝咖啡，他们难道不上班吗？老板解释说，他们今天不上班，他们看的赛马报，除了刊登赛马信息外还有求职信息栏目，方便寻找"日雇（日薪）"的工作。这一带的劳动者一般工作三天休息一天，住的地方一天七百日元左右（约合人民币三四十元），一个房间由六个人合租。卧铺有三层，下铺的方便去上厕所，所以要七百五十日元，最便宜的是上铺，六百三十日元。

他们每月初付清住宿费后，其他就不管了，手里有多少就赌多少。

　　老板做的咖啡确实很好喝，他每天在店里磨豆，然后用美国进口的滴漏式机器来煮咖啡，咖啡豆是日本传统的深度烘焙，酸中带苦，香气皆佳。有一次他悄悄地跟我说，那是从东京一家百年老铺供应商买来的咖啡豆，老板自己指定咖啡豆的拼配比例。"你别小看我这家店里的劳动者，哪里需要人手他们就去哪里，走遍了日本各地，也尝过当地各种各样的咖啡。他们很懂咖啡，所以不管是咖啡豆的品质或拼配比例都不能马虎，稍微有变化他们都喝得出来。"

　　那天我们聊到八点左右，随后的几次拜访中还交换了手机号（那时候还用功能手机）。老板的名字叫大泽功（Ōsawa Isao），大泽先生嘱咐我以后不用来那么早，他一般都在家里，有时间随时过去，提前打电话就行。回北京之前我从机场打电话给他，他说记得下次回国要过来喝咖啡。

　　季节交替，有一个初夏的上午我又去金星堂，这次从父母家赶过来，时间接近八点，大泽先生说现在有了冰咖啡，要不要试一试。冰

金星堂吧台里的大泽先生

咖啡是他亲自冲的，豆子也是冰咖啡专用，降低酸味和苦味。平时我喜欢喝清咖，不加糖不加奶，但按大泽先生的建议试了一杯微甜的冰咖啡，甜味和咖啡本身的苦味特别搭，解渴又提神。"真好喝！"我一边喝一边不停地夸赞他的冰咖啡，待到我喝到一半，听大泽先生在吧台后面说起一位客人的故事。

"已经是十多年前的事了，五十多岁的汉子呀，常来这里喝咖啡，后来突然不来了。我也没多想，因为这里的客人就是这样嘛，这个月住东京，下个月到九州，哪儿有工作就到哪儿，所以我以为他或许到北海道那些远的地方去了。没想到，有一天我在店里接到一个电话，是他打来的，说是住院了。我问他在哪家医院，他说是"秋津"*。我一听就明白了，他患了癌症。山谷这边领取'生活保护费'†的人，若查出癌症就被送到秋津的一家医院。他接着说想请我帮个忙，我就想啊，那肯定是想借钱，我当场下了决心说一声'好'。听我说完他就笑了，说你这个人也太好了，还没说到底是什么忙就先答应了。然后他说想喝我做的冰咖啡。"

---

*　秋津（Akitsu）：位于东京都西北部东村山市的一个区域，邻接埼玉县。

†　生活保护费：日本政府为生活贫困者提供最低生活保障费用的制度，以居住东京都的单身者为例，生活保护费约为每月十三万日元（约合人民币 6400 元）。

上图：金星堂的冰咖啡

下图：金星堂店外的菜谱，吐司套餐（附咖啡）400 日元。

大泽先生一口答应，第二天上午就去买保温瓶，大容量，以保证制冷六个小时，回到店里装了六杯份量的冰咖啡，下午坐电车去找这位客人。这位中年男性看到大泽先生非常高兴，边聊边喝就把保温瓶里的冰咖啡喝光了，然后把瓶子还给他。大泽先生正要告辞时却被护士叫住，原来这位病人没有家属，护士也不知所措，今天好不容易有人来探望。护士把大泽先生带到大夫的办公室，他被告知，这位客人的生命最多仅剩一周。

金星堂的吧台边上有一台旧式小电视机，只要有人在，这个电视机一直开着。大泽先生把电视机的声音调小，口气淡淡地说道："医生算得很准，听说后来第五天，他就过世了。"可能因为是多年前的事，我在大泽先生的脸上没有看出特别悲伤的样子，或许他已见过很多类似的人和事。反而他在我眼中看出恻隐之心，用一种开导的口气跟我说："他其实没什么可挂念的，爱情的羁绊、情面的障碍，都没有。想睡觉就睡，想做什么就做什么，那也是一种活法。别可怜他。"

吧台后面的厨房设备也很旧，但收拾得干净整齐。

他接着说，没有家属的民众去世了，会由政府出面处理后事。焚化方法有不同种类，一般花费约在二十万日元，火力足够，三分钟即可烧完，留下的骨灰也很完整、好看。而政府只能出最低费用，大概五六千日元，因为火力不足，花很长时间方可烧完，最后骨灰都变成一堆沙子。山谷有一家低价集体住宅，主人是大泽先生的朋友，那里已经堆了三十多个陶瓷小壶，装着没人接走的"无缘"骨灰。"很多工人没有存款，他们死了兄弟姐妹都不理。偶尔有人留下一笔存款，亲戚在电话里一说这事儿，不管住多远都会跑过来。这确实让人感到心寒，但现实就是这样的。"

大泽先生是土生土长的东京人，生于四谷（东京都新宿区），受所谓的军国主义教育长大，二战结束时才十四岁，经历过战后的一切混乱，各种社会思潮的泛滥，以及经济发展和衰退。这位老年人好奇心强，也擅长与人交流，他的故事比任何电视节目都有趣，可谓一部"活历史"。有一次我们谈及喜欢的食物，大泽先生说喜欢吃"豆饼（mame mochi）"，最好是和果子店"つる瀬（Tsuruse）"的，他年轻的时候每次去汤岛[*]都会买这家老铺的豆饼。后来我买了一小盒和他一起吃，那是一种其貌不扬的微甜年糕，加了很多咸味大黑豆，口感绵密，非常美味，他很开心，讲了一番东京各个和果子店老铺的八卦，相互竞争、家人之间的爱恨、名家的颓败和破产等，大泽先生无意中讲起的故事让我重新认识了周围的世界，它的复杂性和活力远远超出网络上的文字和视频。

说及食物，他跟我说过最让他怀念的是二战期间他与母亲在朝鲜半岛吃过的乌冬面。

"记得我当时小学三年级，所以是昭和十一年（1936年）吧，我去过一趟北京。此前我父母好像吵架了，吵得不可开交，我母亲索性带上家里年纪最小的三男，就是我嘛，先回到九州的娘家，在亲戚家住了一天，隔天坐船到釜山，换乘列车到中国。那时候有个舅舅在那儿工作，母亲和他的关系一直很好，舅舅也常写信要她有空来看他。我们路上非常顺利，离开釜山的时候母亲给我买了一碗乌冬面吃，我

从来没吃过那么好吃的乌冬面，整个旅途就记得这件事。到现在每次吃乌冬面我都会想起釜山的乌冬面，也没遇到过比它更好吃的。"

舅舅非常欢迎两位亲人，母亲在当地的三越百货公司买了一件大衣，大泽先生也穿上了新衣服，乘坐舅舅安排的马车逛街。"那里还是非常发达的，那家三越百货公司比银座本店大一倍，非常壮观，列车也豪华得很。"他回忆道。不料，从中国回来没多久，大泽先生一家遭遇了东京大轰炸，在四谷的木造房子也被彻底烧毁。大泽先生的父亲喜欢喝酒，大轰炸那晚也酩酊大醉，故此没带出太多贵重物品，只带走一些大米避难。

"好不容易带出了大米，但没有锅可以煮。过几天我们回家，从废墟里挖出锅子，才吃上米饭。说是回家，但实际上什么都没有了，我在空空荡荡的院子里看见一个达摩不倒翁，原来是放在我们二楼小房间里的，不知道怎么掉到院子里，看来完好无损，在一片废墟中显得特别抢眼。其他什么都没有了，只留下一根水管一直喷水，过了好几天都没有停掉，所以喝水、煮东西是没问题的。很多国家的自来水到现在还不能直接喝，但日本从战前一直就是这样，这还算是优点吧。"

　　大轰炸第二天，学校恢复上课，班上有三个同学没来。大泽先生说来上课的同学已不算少，大轰炸的前几天邻近的区域已被轰炸过，所以大家有些思想准备，能够及时反应，逃得快。语言老师提议大家去找这三位缺课的同学，于是所有同学走出学校，救援的士兵们借给他们几根竹竿，同学们用竹竿翻尸体、找同学。"后来还真在河里找到一个同学，大轰炸的那晚很多人逃到河里，那个同学也在其中，受了重伤。后来他被送去医院，在那里去世了。"

　　喝着大泽先生冲的咖啡听这些故事，感觉自己就像在过去和现实之间穿梭，同时我惊讶于这位老年人，这位和我畅快聊天的日本庶民，拥有这么丰富而鲜艳的回忆。我感到久远的战争其实近在咫尺，它不是教科书上的历史，而是还在呼吸的现实。

　　"在四谷我们有一家邻居，是一对夫妻，育有一男一女，丈夫在东京日法学院＊教法语，和美国开战后政府主导抵制外语，教法语的这位先生也被警察带走受训。太太很可怜，她的头发是天然鬈发，很好看，

＊　东京日法学院：相当于法国的语言文化推广机构，中文名叫法语联盟（Alliance française），现名为 Institut français du Japon，位于东京都新宿区。

警察以为那是烫的，那时候西方文化都被禁止，太太被警察拉走几天后回来头发都被剃光了。丈夫很长时间都没放回来，为了躲避轰炸，太太带着小女孩回了广岛娘家，不久之后那里被投放了原子弹。大儿子在东京留守，大轰炸时我还和他一起逃的呢，望着变成一片焦土的东京，我们互相说要多保重，便分手了。我们一家人搬到本乡（东京都文京区）住一段时间，跟这个大儿子失去了联系，战争结束后我的哥哥在新宿车站附近遇到了他，说是在新宿开了家拉面店。我也去看望他，看起来过得还可以，带着一个女人，也不知道是什么关系。问他的父亲有没有放出来，他说父亲被放出来后没多久就病死了。"

大泽先生还跟我讲了他哥哥的经历。他有两个哥哥，二战结束时大哥已经参加了海军，在人间鱼雷*上作战。

"当时大哥二十多岁，被派到冲绳，后来说他在那里看到过密密麻麻填满大海的美军舰队。日军已经没有可以出击的飞机了，只靠人间鱼雷攻击对方，我哥和另外一位年轻人一起上了袖珍潜艇，

---

* 人间鱼雷（human torpedo）：或称人操鱼雷，指载有鱼雷的袖珍潜艇。

但好像螺旋桨发生了故障，出发不久潜艇触礁了。潜艇前方装有炸弹，但幸好触礁也没爆炸，我哥他们从潜艇里逃了出来，往大概一百米开外的小岛游过去，美国空军发现他们后马上开始射击。我哥被打中胳膊，但因为子弹在水里大幅减速，冲击力也会减弱，他上岸之后才发现自己被打中了。他们在兜裆布里藏有小刀，上岸之后还商量过要不干脆互相刺死算了。但是，那天天气特别好，小岛上吹来的风非常凉爽，听着海浪的声音，我哥当时就觉得生活应该就是这样子，战争这东西实在太空虚了。幸好他们后来被当地渔民发现并带回冲绳本岛，我哥就在那里听到'玉音放送'*。他回到东京之后很长时间都不说话，好像灵魂都飞走了的样子，这些故事他过了很长时间才跟我说。"

大泽先生的哥哥后来成为日本放送协会（NHK）的政治部记者，参加了上世纪七十年代的访中团，有幸见到周恩来先生。

每次到金星堂，大泽先生都带着微笑迎接，等我吃完面包、喝完咖啡，会问我要不要再来一杯，这一杯他请客。只有在举办高

---

* 玉音放送：指播放二战中日本天皇的《终战诏书》。

校野球 * 的春夏两季他好似心不在焉，客人多的时候也不时地转头瞄吧台上的小电视。后来得知他毕业于棒球名门早稻田实业学校高等部 †，我才明白他为何那么热情地观赏比赛。他虽然年纪大了身体还很硬朗，有一次他把裤脚挽到膝盖上给我看小腿上隆起的肌肉。

"我从小成绩不好，只有运动方面还可以，高中选择了早稻田实业学校高等部，因为喜欢玩棒球。毕业后直升早稻田大学，在棒球队当了投手。我认为自己的水平还不赖，但人外有人天外有天，同学当中还有天才级的投手。所以我后来放弃了，决定当球队经纪人。当时整个日本棒球正盛行，大家都看棒球，大学的球队也受女孩子们的欢迎。就这样开开心心念完本科，毕业后就职于京都的老店，专卖绸缎和布匹。在京都认真学了两年，后来因人际关系的原因辞职，通过朋友介绍在三菱公司附属的一家企业上班。上班期间还是喜欢玩各种运动，高尔夫球、棒球或滑雪，工作上也很拼，上司挺信任我。有一次他让我到柬埔寨的分公司出差并查账，我大概花了一周就做完了，剩下的几天在当地玩一玩，回国路上经过香港，做了两套西服。香港的

---

* 高校野球：指高中棒球联赛，由春天的选拔高等学校野球大会以及夏天的全国高等学校野球选手权大会组成，主要竞技舞台为阪神甲子园球场，位于兵库县西宫市。

† 早稻田实业学校高等部：位于东京都国分寺市的私立学校，1901 年建校，1905年建棒球部，高中棒球联赛中的强校之一。

师傅真了不起，他们是不用缝纫机，当场给我量尺寸，跟我说等一等，坐下来就直接拿起针，很快就做出一套衣服。我后来在东京穿这两套衣服，有一天社长直接过来找我，说没见过做得这么好的衣服，想给自己也买一套。这套衣服呀，不只是好看，而且真的贴身，穿着去跳舞挺有面子的。后来我把这套衣服拿到三越百货公司，想让他们做出一套一样的，师傅拿在手里研究半天，然后摇头说做不出来。"

喫茶店吧台上方挂着两幅彩色照片，是一个青春期的女孩和她的全家福。问他照片来历，他说那是他的孙女，但至今只见过一次。

"我在公司上班的这段时间结了第一次婚，妻子是挺漂亮的女孩子，后来我们有了一个女儿。结婚十三年，不知道是什么原因，可能是我工作太卖命，在公司跑业务，不太会照顾家庭，她跟一个男的离家出走，女儿就留给我了。估计前妻婚后在家里照顾孩子，心里有点焦虑吧，我可以理解。我把女儿养到十八岁，之后她自己决定去美国念书，后来在美国跟西班牙籍的律师结了婚，现在在西班牙生活。几年前突然有个女孩子来店里，叫我"ojīchan（爷爷）"。我摸不着头脑，问了一下得知她是从西班牙来的孙女，我可高兴呢。她在这里住了一周就回西班牙了，这已经是好多年前的事了。"

第一次婚姻结束没多久，在南千住开服装店"金星堂"的主人看上大泽先生了。金星堂的老板娘是大泽先生的同学，店里卖地下足袋[*]等服饰，生意挺好，女儿一直在这里忙着家业，错过了结婚时机。有一天大泽先生跑业务，刚好经过这附近，顺便跟金星堂的老板娘打招呼，主人看他人品不错，希望他入赘为婿。大泽先生也同意了，就和他的女儿结了婚，但据大泽先生的解释，第二任太太有点任性，有一天突然说想开家喫茶店，没等大泽先生同意就开始装修。"拿她真没办法，我把工作辞掉，报了课学咖啡和烹饪，一不做二不休嘛。"

至于喫茶店金星堂创立的具体时间，大泽先生想了一会儿回道："应该在一九七八年，我四十七岁时。"当时的营业时间还比较正常，上午开门，晚上十点多关门。菜单内容也丰富许多，有蛋包饭、咖喱饭、意大利面、三明治等，日本喫茶店老铺该有的都有。最受欢迎的

---

* 地下足袋（jikatabi）："足袋"指日式短布袜，四趾与大拇指分开，方便穿着木屐。"地下足袋"其实是一种鞋子，将足袋底部缝上橡胶底，把脚腕部分加高加硬，制成可以直接在户外行走的鞋子。地下足袋容易清洗，也易于弯曲紧贴地面，能够让人有效地保持平衡，过去很受户外劳动者的青睐。

"金星堂咖啡"周围、山谷地区风景。从官方竞选海报也可以看出，中低收入阶层至今还是日本共产党的重要支持群体。

特色菜是烤肉套餐，肉质好、口感佳，那是因为大泽先生在筑地*有个朋友经营肉铺，可以用批发价买来新鲜的肉。"白领也好工人也好，当时这附近人挺多的，不像现在。那时代开喫茶店是可以赚钱的。"

咖啡馆开了二十多年，太太因不小心跌倒瘫痪了。大泽先生每天上楼去照顾太太，菜单上很多菜肴从此消失，只留下烤吐司。后来店铺的面积也减少了一半，为太太腾出疗养空间，并用木板与店面隔开。开门时间也改成凌晨到早上八九点，因为九点之后太太就会醒来，大泽先生顾不上店面。

"虽然我太太有点任性，她的内心还是挺善良的，比如我和前妻的孙女从西班牙来住我们家，太太并没说什么。但她瘫痪之后脾气更大了，连医院都受不了，有几次我把她送到医院疗养几周，没过几天护士会打来电话求我尽快接她回去。太太三年前去世了，说真的我有种解放的感觉。"

刚松了口气，他内弟的妻子查出癌症，不到一年就去世了。内弟可谓"传统"日本男人，不管是做菜、洗衣、打扫、买东西，家务一

---

* 筑地（Tsukiji）：位于东京都中央区，东京都中央批发市场之一，已于 2018 年 10 月搬迁至江东区。

律不愿意做，他太太生前负责所有，现在就轮到大泽先生了。在店里我看过他几次打电话给内弟问午餐要吃什么，有时候是蛋包饭，有时候是意大利面，挂完电话他跟我说："我认了，这是命吧。"

我一般到八点就会离开金星堂，有一次聊得久，回神过来已经是八点半。这时候有一位女性顾客进来，向大泽先生微微鞠躬后安静地坐了下来。后来我发现八点半过后这里会有两三位女性进来，都是固定面孔，年龄在五六十岁，不点咖啡，坐在店里最不显眼的角落不急不慢地抽烟，抽完就走。大泽先生看到她们也顶多点点头，我问他是朋友还是客人，他摇头回道："都不算吧。"

原来，这三位女士都是在隔壁小超市上班的，来这里抽烟已经有一年多。有一个下雨天，大泽先生到这家小超市买东西，走出来时看见三位穿超市工作服的女性在屋檐下缩着肩抽烟。问她们怎么回事，对方解释说公司全面禁烟，不让员工在休息间抽烟，抽烟室也撤掉了。男员工还是去外面，找个不显眼的地方抽烟，但她们觉得那样也不太好，就只好在屋檐下抽。大泽先生建议她们不要站着抽烟，"这样很不好看"，邀请她们到自己的店来。她们先是婉拒了，因为喝杯咖啡也是一笔钱，一杯四百日元，而她们的时薪还不到一千日元*呢。大泽先生猜到她们的顾虑，主动说不用点咖啡，把喫茶店当她们的抽烟室就行。她们有的上午来抽一次，有的下午两点多来，就看她们轮班的安排。

若话只说到这里，我觉得这位老板真是好心人。而接下来他说的话，让我发觉他不单单是一个好人，而且还是一个有独立思考的人。

"我给她们准备三个专用杯子，和客人用的不一样，我让她们自己倒咖啡喝，喝完要自己洗杯子。后来她们来找我说，还有两个女同事想来这里抽烟，被我拒绝了。我的意思是，我这里只能照顾三个人，不能再多了。但我告诉你为什么吧，因为女性喜欢小团体。若有四个人，她们会分成二对二，五个人就会分成三对二，成了群的女生免不了产生对立。三个人就不好分嘛。我这个人还算会善待女性，因为我相信女性会带来福气的，开店需要这种福气，你想想如果店里一个女性客人都没有，整个氛围给人的感觉会不会很不一样？所以我很欢迎你，也欢迎她们来这里，反正这家店本身允许客人抽烟的。但善待别

---

* 截至 2022 年 10 月，东京都的最低时薪标准已经提升为 1072 日元。

人的同时，需要有一个明确合理的界限。"

听到"界限论"之后，我开始从不一样的角度看待大泽先生，我欣赏他的思考方式，很现实也很有效率，不欠人情也不会给自己太大的压力。

"你不管做什么事，这种界限是一定要有的。比如会有客人想跟我借钱，我一般不会马上拒绝，我会嘱咐对方借钱一定要在每月20号以后，而且一天只能借一千日元。为什么要在20号以后呢？因为月底政府会发生活保障金给他们，收到生活保障金就可以还钱了嘛。但有的不会还钱，到下个月20号后还继续来跟我借钱。我还是会接受，但我的原则始终没变，借钱只能在20号以后，一天一千元以下，累计金额不能超过两万日元，超过两万就不借了。"

大泽先生是在战后的混乱、经济增长和继而衰退中生存下来的过来人，他的想法一点都不老套，我们能学到的还有很多。后来金星堂关门之后，我还会尽量多跟老年人交流，包括我父母，因为现在还来得及，可能过几年后就更难了。

我和大泽先生第一次也是唯一一次结伴出门，是几年前的晚秋。那和他的伯伯的故事有点关系，大泽先生和他的伯伯战后失去了联系，后来听说伯伯到了朝鲜当了将军。对这样的消息，我有些不信，但他对此很有信心，还把这则故事跟我讲过多次。我听说东京有一家咖啡馆老板对朝鲜的历史比较熟悉，还写过书，便约了大泽先生一起去拜访。大泽先生对这次会面极有兴趣，我们约了一个傍晚在金星堂集合，我进门时他正在给自己的腰带打孔，说好久没穿，今天才发觉自己比以前瘦了许多。黄昏的余晖洒入喫茶店的玻璃窗，也映衬出他比平时更加整齐的装束，他身穿白色套装，还戴上波洛领带。他向我微微一笑，快活地说那咱们出发吧。计程车约二十分钟的路程，他就像小朋友一样新奇地看着外面，不停地跟我聊天：哪家商店的老板是他的"狗友"，之前养狗的时候经常一起遛狗；看到一所不起眼的神社便把它的来历说上一番。

　　我是跟那家咖啡馆的老板提前约好的，也解释过大泽先生见他的原因，对方当时爽快答应，但我们到店里之后，老板只简单跟我们聊了几句就回到自己的位子，跟朋友们继续聊天。我挺过意不去的，跟大泽先生道了歉，大泽先生看起来毫不在意，他在咖啡馆的藏书中找到一本老旧的东京风景摄影集，逐页翻阅向我解释各个区的故事，战中战后的事他都记忆犹新。他还安慰我，今天出来对他来说是件大事，他这几十年都在照顾妻子，好不容易送完她又要照顾内弟，这期间他都没离开过自己的生活圈子。

走出咖啡馆，大泽先生说想吃点东西，我们选了一家连锁拉面店吃了一碗面，之后我们搭计程车送他到金星堂，在车上他又口若悬河，路边任意一家寿司店的老板娘他都很熟，下车的时候年轻司机跟我说："这位老爷爷，真是个活字典。"

夜晚的金星堂，和凌晨的样子有点不同，微弱灯光下的风景都显得温柔。我把大泽先生送到家里，正准备离开时，他把一个小小的纸袋塞给我，里面有几条围巾。大泽先生解释说这些都是之前送给太太的，但似乎没用过。"国产丝绸，品质好。千万别让我家人看见，赶紧放在包里。今天过得好开心，谢谢你啊。"

回家从纸袋拿出围巾，先闻到了樟脑丸的味道，丝绸触感很舒服，图案设计挺可爱的，都是昭和摩登风格，倒挺适合现在的复古潮流。如今偶尔戴他送的围巾出门，也会想起他跟我讲的各种小故事，坐地铁经过南千住站时，我仍会有种冲动想下车去找他。

一个人老去，仿佛成为了一棵大树。那么多的知识、回忆和生活哲学，他慷慨地分享给我，我也竭尽所能去吸收，虽然还不知道这世界究竟有多宽广深远，但我希望靠这棵树找寻到通向一种人生境界的密码。也许，他拥有的东西、愿意分享给我的东西，大部分我都没能去抓住，最后灰飞烟灭。但这棵树在孤寂的世界中将要倒下时，至少我愿意去聆听它的声音。

那天晚上之后没多久，我遇到各种人生的转折点，经过半年多的挣扎，彻底离开了生活十多年的中国。在东京重新开始生活的第一个冬天，我发现大泽先生的身体明显衰老。刚认识他的时候他还眼疾手快，从外表看不出年过八旬，但这段时间他失去了往日的机敏，开始

大泽先生说，自己有张严肃的脸，所以平时会戴上镜框较厚、没有度数的假眼镜。
但其实他不戴眼镜给人的感觉也挺亲切的。

把同一个故事重复地讲。我每次还是听得津津有味，也不是装的，我感觉我们之间剩下的时间不太多了，只想珍惜此时此刻。金星堂的营业时间也缩短了不少，开门时间是早上六七点，到上午九点为止，还有时候因为大泽先生起不来，店门好几天都是关着的。常客开始渐渐消失，有时候我是一整天唯一的客人，但他还是坚持营业。把咖啡杯端给我的时候，他的手抖得有点厉害，我装作没看见，他也坚持下来，从没把咖啡洒到杯子外面。

挨过春季，迎来夏天，每过一个季节，大泽先生的衰老也加快了，他也似乎感觉到了什么，有一次边擦咖啡机边说道："这是美国进口的，用了三十多年没坏掉，真是个好东西。本来在日本也有经销商，现在都没了，若它坏了就没办法修，肯定找不到零件。但也没关系吧，很难说到底这台机器先坏掉还是我会先走。"

我急忙说请不要说这样的话。当时的心情说来有点自私，我很希望这家喫茶店能永远经营下去，因为老板以微笑迎接我，陪我说话，他的聊天话题那么丰富，再花几年都讲不完。只要这家喫茶店还在，我在这个大城市就不害怕单独一人。

听我说完，大泽先生没看我，继续擦着咖啡机道："你别担心，总能找到替代我的。"

大泽先生的这句话让我呆住了，原来他看透了我的心。这家咖啡馆确实成为了我的避风港，让我暂时避开外面残酷的、让人无奈的世界，且能在别人的回忆里游荡。后来我回想为什么自己在这里没拍过照片，那是因为店里的时间属于过去：喝咖啡的人就喝咖啡，没想过拍照给别人看。我在这里也没机会去看手机，完全忘记了数码产品的存在。但我知道早晚得面对现实，并给自己找出一个答案：离开日本二十年后回国的四十多岁的单身女性，如何重新找到属于自己的地方和存在意义？

没过几个月之后的一个冬日上午，大泽先生出门倒垃圾时突然昏倒在地，住进离上野公园不远的一家大医院。我年底打电话给他才知道，快要过年时去看他，那是一个阴天的黄昏时刻，我们聊了大约半个小时，晚餐时间我去买了一张电视机卡 * 送给他，随后告辞。

---

* 日本有些医院病房看电视要购买电视机卡。

大泽先生说希望春天恢复营业，我点头说，肯定呀。

再过一个月打大泽先生的手机，得知已出院，但他的声音很微弱，他说："出院不是因为病好了，是因为我有事儿，得处理喫茶店的纳税申报，不然没人帮我做这件事。"我仿佛能看见他苦笑着讲电话的样子，我说要多保重，恢复营业一定要通知我，他叹息一声，说好的。

三月初的一个下午，我又打电话给他，没人接。过了半个小时他给我回电："不好意思没接你的电话。因为我最近身体不太好，在家里穿得一塌糊涂，我不好意思穿成那样跟你聊天。现在换好衣服了，不过你也没见着，哈哈。忍酱，咱们今天好好谈谈吧。"

接他的电话时，我在厨房做饭，听到他的声音，我坐在厨房地板上和他讲话。也不太记得那天我们说了什么，最后他说，要好好活着，享受人生。挂完电话我看着窗外的暮色，想着这个人是先穿好了衣服才回电给我的。这么用心待人的，这世上还能有几个。

某天我接到一通电话，对方显示是大泽先生，声音却是一个陌生女人的。对方说是大泽先生的侄女，我说声"嗯"之后没再说话，对方也沉默了。最后她忍住哭声，说大泽先生昨晚去世了。"看来没什么痛苦，晚上睡下，就没有醒来。"我边听边流泪，跟她说他生前对我很好，也谢谢她打电话告诉我。

她接着说，接下来会办葬礼，但我不必参加。她说姨夫朋友多，到时候会另外举办告别会，"摆张他的照片，大家可以一起回忆他"。我不知道告别会后来到底有没有办，几个月后打大泽先生的手机，没有停机但也没人接。

虽然没能参加告别会，但我没有感到太遗憾，因为我和金星堂咖啡馆以及大泽先生用了很长时间进行缓慢的告别，比如在傍晚的咖啡馆里看见他穿得那么好看的时候，比如他边擦咖啡机边说那一句话的时候，再比如他穿好衣服后回电的那一次。偶然的相遇能给我留下宝石一般的回忆，从此我学到一件事，一次小的偶遇，你越珍惜它，它越能让你心暖，还会把更多的惊喜和希望留在你的人生里。

去筑地鱼市场喝咖啡

东京各处有一些我喜爱的小铺，在 JR 中央线上的喫茶店和鲷鱼烧 * 店、一所位于公园旁的大众食堂、上野动物园附近的和果子店等。这些小店有一个共同点：都有一位很有型的女店主。有的女店主风格时髦飒爽，搭配一条围巾或线条简洁的外套就轻松穿出干练感，让我总想多瞄几眼；有的老板娘态度不太友善、效率至上，但对每位客人一视同仁，有点像过去中国国营店的阿姨，我反而喜欢这种平等感。开店做生意，讲究的还是人缘，虽然店主和客人之间有经济交易，但我总觉得，双方交易的目的并不单单是消费和赚钱，也有情感上的交流，尤其是个人经营的小店。

离银座不远的"筑地"，这里有过日本最大的水产批发市场，筑地市场在二〇一八年十月结束了八十三年的历史，并搬迁至三公

---

* 鲷鱼烧（taiyaki）：日本经典点心，鱼形状的松饼里面夹着豆沙馅等各种馅料。

里外的江东区丰州（Toyosu）。筑地市场分为"场内（Jyōnai）"和"场外（Jyōgai）"，"场内"主要用来拍卖海鲜或生鲜食物的批发，"场外"则是开放给民众和观光客，和"场内"相比店铺种类更多。二〇一八年的搬迁对象主要为"场内"，"场外"大部分店铺至今留在原地照常营业。

我常光顾的一家老铺"Mako"，坐落于这个"场外"市场，那里有一位让我特别怀念的女店主。有一天我来银座逛画廊，小柳画廊（Gallery Koyanagi）、Akio Nagasawa、IG Photo Gallery，这些都是位于东京都中央区的著名画廊，还有"只卖一本书"的森冈书店，这样慢慢往东走，自然走到"场外"市场。作为批发市场的"场内"，到中午大部分店铺都会结束营业，但在"场外"的小铺会为消费者继续营业到下午，商家热卖，游客喜食，很是热闹。淹没在人群中，在"场外"市场盲目地闲逛时，忽然看见有人走进路边某处，仔细一看在海鲜丼*专卖店和拉面店之间有一条细窄的小路，通往后面另外一条商店街，但大部分游客根本不会注意到它。

---

* 　海鲜丼：放在碗里的一种寿司，醋饭上铺满生鱼片。

筑地水产市场（场内），过去是大多数游客到访东京都会打卡的著名景点。

我侧身踏进这条通道，这里也有寿司店和陶瓷店，只是比起外面人少得多。把视线稍微往上移，就看见一个很醒目的招牌，有大写的店名："マコ（Mako）"，另写有补充性的信息："咖啡、杂煮"。

"杂煮（zōni）"是一种年糕汤，日本人习惯在过年的时候吃这款汤，先把方形或圆形年糕*烤好，另外准备日式清汤，有鸡肉、青菜、鱼糕和香菇，先把年糕放进小碗，再倒入满满的清汤。但一般很少有人把这款年糕汤和咖啡搭配在一起，喫茶店的菜单里更是很少看到"杂煮"这款菜肴。直觉告诉我，这里毕竟是筑地，吃货的天堂，不管是寿司还是杂煮，味道应该有保障。"请上二楼"，招牌上有指示。于是我走上陡峭的小楼梯，便看见 Mako 的大门。

大门的颜色也不太像是一家喫茶店，一整版的大红色透明材质，更像是美发店。后来这家喫茶店的顾客告诉了我，这个材质叫作赛璐珞（celluloid），一种合成塑料，在日本从大正时代到二战后使用非常普遍，但到战后快速被其他廉价合成材料取代。推开这扇红色大门，一进门就看见吧台和年迈的女店主。很多时候女店主在吧台后

---

* 杂煮的做法按各地风俗有所不同，以东京为中心的东日本使用角饼（方形年糕），用昆布或鲣鱼风味高汤和酱油制作清汤；而大阪或京都为中心的西日本使用圆形年糕，昆布风味汤底，再加口味偏甜的白味噌来制作。

Mako 的招牌颜色较为简单，但确实很醒目。

Mako 的店铺在二楼，可能是为了应对这个不利因素设有不少招牌。

Mako 的红色大门，挂着"请推一下"的手写提醒。

手忙脚乱，甚至听见店里的客人先跟进来的客人说"欢迎光临"，她才抬头瞄一眼说："哟，欢迎。"

Mako 的面积并不大，只有四个小桌子，若来了五六位客人就感觉已经有点拥挤。每张小桌子配有小沙发，上面铺的白色蕾丝套更像一台时光机，马上把人带回昭和时代。这些配件都非常老旧，这种蕾丝套现在很难找，肯定是个时代遗物，蕾丝的纯白和整齐也体现了这位店主爱干净又勤快的风格。柜台的对角线上放着一台播放新闻节目的小电视，但声音调得很小，几乎听不到主持人在说什么，当作背景音乐还可以。

"你是一个人吗，坐这个位子好不好？"女店主指给我小电视旁边最小的桌子，语言干脆利落，但有一丝温情。随后的五分钟她理都不理我，因为很忙。她先把咖啡和吐司端给其他桌子的客人，随后才转身问道："唉，让你久等了。要什么呢？"我当然要杂煮套餐，一碗杂煮和一杯咖啡共九百日元（约合人民币四五十元），感觉很值。女店主提醒我杂煮需要点时间，还说："若你一会儿还有事，那干脆别点。"

我说没事，可以等，她点点头转身回到厨房。

咔嗞、咔嗞，不久从吧台后传来轻微的声音，刚开始分辨不出是什么，后来才得知，那是她用碎冰锥敲大冰块的声音。她把敲好的三四块小冰块放入玻璃杯，装满水后端给我。女店主虽不说什么，但连给客人喝的一杯水都这么用心，我在心底马上对这家店和店主萌生好感。等她做杂煮的这段时间，我并没有觉得无聊，因为眼前店主和客人们的交谈，简直是电视剧里的情景：有个年轻女孩因拿起手机要开始讲话，马上被女店主骂一顿；有位年轻男士因为用笔记本电脑的时间太久被女店主赶走。有一次一位老妇人走进来，轻轻鞠躬后自己找位子坐了下来，看样子应该是熟客。她离店之后女店主说这位老妇人每两周来这里喝一次咖啡，她是陪丈夫来附近的癌症治疗中心检查的。说是附近，其实医疗中心离 Mako 有点距离，我有些惊讶这位瘦小的老妇人能够找出这一家小喫茶店，也理解她为什么不去找更近的连锁咖啡馆。这里的空间有一种让人舒适的节奏感和归属感，而这种独特的氛围都来自这家店和精神健旺、矍铄的女店主。

女店主端来一个黑漆大碗，打开盖子，先是正宗的高汤香味扑进鼻孔，往碗里一看，油菜花、竹笋、鸡肉、红白两色的鱼糕、切丝的柚子皮*和两块年糕。先是一种眼福，而后是口福。这些都来自筑地市场的每个商铺，哪个食材来自哪家，女店主都能说出来。但年糕是从超市买来的真空包装，"一小块一小块密封的，方便保存，味道也挺好"，她说。最后的享受是高汤，刚才所有食材的滋味都集中在清透的高汤里，也不太咸，我用双手拿起大碗，忍不住把汤都喝光了。女店主嘱咐我女性吃东西还是慢一点，矜持一点，然后说道："现在很多人不喝高汤，可能为了控制盐分摄入量什么的，但他们不懂，我为了做这种高汤花了多少工夫。"

　　店里的咖啡豆是有机的，老板用法兰绒滤布手冲咖啡。喝完这一杯，吃进肚子里的满足感填满了我心中的空隙。说来奇怪，至今逛过不少喫茶店，我还没有见过一起提供杂煮和咖啡的，但这两样东西搭配却能酿出绝妙的风味。

---

* 日本柚子（citrus junos）是一种果实很小的柑橘属水果，皮比较皱，果肉味道太酸而不适合食用，常被用来添加菜肴的色泽或香味。

上图桌上的黄色饮料是加了生蛋黄的奶昔，是昭和时代比较常见的冷饮。Mako 女店主做的不会太甜，喝起来挺舒服。杂煮每次都是热乎乎的，汤头滋味十分鲜美。

有一天，女店主给我倒一杯热咖啡，就把"休息中"的牌子挂在门外，这时离营业时间结束还有一个小时，她跟我说别着急，她只是有点累而已，让我慢慢喝。那天我喝咖啡的半个小时里和她聊了不少，她知道了我大概的生活状况和工作内容，我也了解了这家店的来历。这家老铺创办于昭和三十六年（1961年），在"场外"经营的第一家喫茶店，店名Mako来自女店主曾经的男友给她起的昵称。杂煮是女店主试过热狗、咖喱、三明治、松饼等喫茶店食谱之后才达到的"最终境界"，杂煮在小小的桌上不占地方，又热乎又耐饿，适合市场的体力劳动者。

女店主其实蛮会照顾人的，有时候把小小的礼物塞给我，比如保鲜盒里的明太子或别的客人送的一些小点心，还有一次她试图给我介绍男友，是一位提前退休开了喫茶店的中年男士，对方也是个好人，只是后来谈不拢。女店主知道后有点生我的气，说我眼光太高，这样永远找不到伴侣。我挺委屈的，因为实际上比较主动的是我，但心底还是蛮感激的，因为她是担心我才这么说。

吧台右后方写着有两行字："不会搬迁，场外还在"。筑地鱼市场搬迁之后不少人以为"场外"市场也会关闭。实际上，包括换了主人之后的 Mako 在内，不少餐厅和商店还在继续营业。

刚认识女店主的时候，她已经快九十岁了，但我总感觉这个咖啡老铺会一直在这里，就像筑地市场宣告要搬走，我还会幻想那里早晨金枪鱼还在拍卖。但该来的总会来的，而且来得比想象中更早。二〇一八年的晚春我接到女店主的电话，她急忙说道："哎哟，最近忙得不可开交，长话短说，我要把店关了。本来要撑到筑地市场搬走的，但感觉身体确实吃不消，下个月我要把店彻底关掉。要是你想来看一看，还是早点过来比较好。"

收到通知后去了两三次，每次都是客满，有人从北海道坐飞机赶过来，就是想看一看这位女店主，有人送花、送礼物。有一次客人送来的花摆满了吧台，女店主说："干脆你们给我办一次生前葬礼算了。"这种幽默感也是我们这么爱她的理由。在筑地开了将近六十年的咖啡老铺，说关就关，在二〇一八年的初夏匆匆关门大吉。不过这家店本身并没有拆掉，不久女店主寄来一张明信片，说是 Mako 迎来新的店主，重新开张了。

到底要不要去这家新的 Mako，我犹豫不决。这时候才发现我真正喜欢的是她，没有了她的 Mako，在我心里已经不再是那家熟悉的喫茶店。后来女店主又来跟我联系，说 Mako 要接受报纸的采访，记者还想见见原来的店主，你也来陪我凑凑热闹吧。

我赶到 Mako 时，日本一家体育报的记者已经开始向女店主提问，店里还有两位客人在旁聆听女店主的故事。新的店主是三十出头的青年，晚上在银座的酒吧工作，白天来这里照顾喫茶店。店内布置没有太大的变化，但以前在墙上贴的手写菜单都没有了，有些遗憾。听说自从女店主决定关门，不少生意人找她想要接手，而她最后看上了这位青年。记者问其理由，女店主说："凭感觉吧。我就这么任性，不喜欢就不理，喜欢就喜欢。"记者请她讲讲自己的故事，什么时候来这里的，为什么选择在筑地市场开喫茶店，女店主就在我的旁边，面对着记者，把自己的故事娓娓道来：

"我出身于京都西阵 *，是五个兄弟姐妹中的老幺，大家都特别疼我。二战结束后的第二年，我十九岁的时候嫁到九州佐贺县的商家，对方生意做得大，当时的婚礼算是蛮隆重的了。婚礼是五月份，但没

---

* 西阵（Nishijin）：大致位于京都市上京区，京都御所的西北边，以高级绢织物闻名。

等到年末我就回娘家了。因为家里的小姑们动不动就欺负我。我是嫁给那边的长男，他有好几个姐妹，她们都很喜欢这个哥哥。哥哥又特别疼爱我这个妻子，于是姐妹们就嫉妒我了。我天天被欺负，做什么都被说几句，我终于忍不住就决定回家。

"因为要到年末嘛，乘机求公公婆婆让我回家过年。丈夫刚好有工作上的事情，没法陪我回京都，我就说过十天就会回来。婆婆说十天太久，我说待得久是为了她，我想给她用西阵织做一件和服，我这么说她才肯点头让我回家。回京都的那天我把所有的贵重物品都放在身上，还做了七八个小包袱带到车站。丈夫送我到车站，但因为是男人嘛，看得不够细，我拿了那么多包他都没觉得奇怪。我们一起到月台上车，他把这些包袱一个个地帮我放在架子上，还跟身边的客人打招呼，说我要到京都，请多多照顾，说完才下了火车。列车开动，他开始跟着我的车厢在月台上跑，到了月台边上举起帽子向我挥手。那是我最后一次看见他。"

周边的客人变得很安静，大家注视着女店主，她的语气和其行事风格一样坚决果断，她说丈夫"完全没有做错"，而且凡事为妻子着想，她回京都的那天早晨，他还嘱咐说最好是过一周就回来。这不是为了让妻子早点回来做家务，而是若提前回来，家人对她会有好印象。这么体贴的丈夫让我羡慕不已，到底谁的眼光太高，我在心里想。

京都的父母不能接受女儿这么轻易地放弃婚姻，一定要让她回到九州，她就是不肯。战后不久，交通特别不便，京都和九州的往来主要靠写信，后来女店主收到好几封丈夫写来的信，刚开始他不理解妻子为什么不回来，后来有些责备她不负责任、太任性。过了两年来信内容有了变化，丈夫开始表示理解她的痛苦，以及离开故乡在异地生活的困难，也向她道了歉。到了第三年，丈夫明白这场婚姻没戏了，双方达成协议办了离婚手续。离婚申请材料有些地方她写错了或忘了盖章，后来丈夫把资料重新寄过来，写信仔细说明哪里不对，把要改写的内容都讲了一遍。"他寄来的信我都扔了，只有这封信我留着，因为这封信让我特别揪心。这三年我都没反省过，看到这封信的时候我从心底明白自己的不对。"

让人欣慰的是，丈夫后来再婚了，也是过了十五年之后的事。丈夫再婚的事，女店主是从自己的亲戚嘴里知道的。她和丈夫就是因为这位亲戚的引荐才认识的，离婚之后丈夫每逢过年寄贺卡给这位亲戚。离婚之后第十五年，丈夫在贺卡上写道，这是最后一次寄卡片，因为他要再婚了。"他就是这么一本正经、特别认真的人。在这一点上，我和他确实很不适合。"

女店主讲到这里，有一位男士走进来，是《朝日新闻》的记者，不是为了采访而来，这家报社办公室就在筑地市场隔壁，这位记者偶尔来这里喝咖啡。他也坐下来听女店主的故事，听众越来越多，女店主却不在乎，继续讲故事。

"从九州刚逃回来的前几个月，我都在京都的老家待着，邻居们开始纷纷议论，这个姑娘不是嫁人了吗，怎么这么久还不回去？所以我决定离开京都去上班，刚好有个亲戚在名古屋开了一家料亭 *。这位亲戚是我的伯母，一辈子没结婚，我小时候她还想收养我呢，结果被我父亲骂到不行。这次我去帮她忙，她也很乐意，我就在料亭工作的那

---

* 料亭（ryōtei）：高级日本料理餐厅，就餐基本在包间，可以用来企业接待、贸易谈判和政治家密谈等。

段时间里学到做生意的基本本领。反正我这个人爱自由。赚钱或升职，这些我都不在乎，但就是想要自由。我这种人只能自己开店，不要太大，能养活自己就好。后来有人介绍在筑地有个小地方可以开家店。"

口若悬河地讲到这里，她突然停顿几秒，我们都听得入迷，全神贯注地注视着她，沉浸在她如此精彩丰富的人生故事里。"好了，我的故事前一半讲完了。想听续集，必须付钱！"忽然回过神来的我们都笑了，夸赞女店主讲故事的本领。

这时候新店主端来杂煮给记者进行拍摄，女店主也要了两份跟我一起品尝。这款杂煮的量比原来的少一些，原本的两块年糕也变成了一块，我开始有点怀念女店主的杂煮，但女店主对新款杂煮赞不绝口，我也随声附和，毕竟今天是为了宣传重新开张的Mako。现在是控糖时代，大家都被提倡尽量少吃主食，也许少一块年糕也是迎合潮流的结果。餐后的咖啡女店主也要了两份，而且都让记者买单。

记者和客人都三三五五搭伴回去之后，店里只剩女店主和我，新店主在吧台后忙着洗碗。随后女店主开口说的几句话让我印象深刻，好像是故事的后续，也像是独白。

"对分手的那个人，我感到特别抱歉，但至今我一次都没想过要重归于好，也没想过另外找个对象结婚。我认为呀，女性对结婚的看法和男人有点不一样，比方说你喜欢上一个人，哪怕你跟他住在一起了，但若没有去登记结为夫妻，没能得到妻子这个身份，你就无法满足。结婚对女性来说可能是一种资格或执照，获取过一回就满意了。恢复单身后，我有过几次和异性的偶遇，但都没有想过要跟那个人在一起，一次都没想过。"

离开店里的时候她要我再陪她一会儿，我说没问题。我们坐公交车到银座四丁目，走过地下道再到百货公司。女店主走得特别快，我跟着她。我们上楼来到化妆品柜台，她跟售货员打招呼，和对方很熟悉的样子，然后坐下来开始选购化妆品。我在旁边试用各种护肤品，也试了几款口红。售货员给她推荐新款清爽型化妆水，女店主不太喜欢，要了一瓶之前用过的。我想象自己到八九十岁的样子，若能像今天的她一样，偶尔出来逛街给自己买化妆品，感觉这样的生活也不错。

喜欢女店主手写的菜单，"本店的冰咖啡自从 1961 年创业以来使用法兰绒滤布制作，请尽情享用其醇厚的风味"，加上朴素的装饰，呈现出喫茶店才有的风格。

喫茶店 Mako 曾经挂出的手写牌子：“今日结束营业”。

女店主非常幸运，她无疑是一位活得充实，在这个世界留下了自己痕迹的女性。

买完化妆品，我们又逛了一会儿街，在地铁站口分手。"再见。"女店主说得干脆利落，转身走进另外一个地铁路线检票口。那是我最后一次看到她，如今我们还是会偶尔通话聊天，但比原来少了很多。

一周后记者的采访内容在报上刊登出来，那天早上我跑到便利店去买日报，结果没找着。我发邮件问记者是怎么回事，他说便利店卖的报纸和配达（送到每个订阅的家庭）的报纸内容是不一样的，便利店卖的内容偏向色情，想看那天的采访内容必须到报纸的配达中心购买订阅版。我特意走到配达中心又买了一份，查阅内容后还是有点失落，因为那天女店主讲述的人生故事一句都没写。后来女店主写来明信片表示对文章的不满，我安慰她，至少新店的介绍做得还挺精彩的。

至于筑地喫茶店 Mako，换了店主之后我还是会去，新的年轻店主喜欢音乐，店里摆了不少黑胶唱片，用黑胶唱机播放爵士音乐，现在"场内"的体力劳动者都搬到了新的鱼市场丰州，失去了这些常客的咖啡馆更加需要外来的客流，新生的 Mako 成为由年轻一代设计的惬意小空间。店主性格开朗，至少在沟通上比原来的女店主轻松许多，但不知为何，我在那里喝咖啡的时候发现自己很怀念过去那段时光，为了不惹来女店主犀利的目光而小心翼翼地吃杂煮的奇妙时刻。

老板娘，来份肉荞麦

　　大学毕业之后我没有去找固定的工作，骑 250cc 摩托车穿梭于吉祥寺，早上在便利店收银，中午在中华料理店端菜，晚上还去爵士酒吧打工。上世纪九十年代末的日本比现在还丰裕一些，虽然就业机会没有上一代多（故此我们这一代被称为"就职冰河期"世代），但看周围还能找到不少和我一样享受"延缓期"的同类人群，打工赚来的钱够过日子，稍微节省一点去海外荡悠几个月也不是不可能。

　　当时我有一个同学岸君，也没有去找工作，他采用的"延缓"策略是升学，考上了国立名校的研究所，没记错的话，专业是哲学。写完论文到毕业之前我们有的是时间，有个晚上他来我的出租屋，照样喝咖啡聊天，已经记不清前面讲了什么，他说了这么一句话："我一直努力把自己变得跟别人不一样，但到现在忽然发现，自己其实是普通

'以下'的存在。"

人生到底有没有"以上"或"以下"，这需要另外讨论，但岸君那句话让当时的我深有同感。"突然开始想'未来干什么都可以，但无论如何也不想当上班族'。"* 这种想法确实中二，但我之前是有过的。每天同一时间出门，挤电车到公司，变成一个组织当中的螺丝钉，这样的人生有没有意思？我虽然还是热爱骑摩托车养猫的日子，但当我看见大三突然开始化妆去参加"就业活动"的同学们，目睹他们拿到录用通知书欢天喜地并被周围的人祝福时，我心底有一个模糊的问号：自己是不是错过了某件很珍贵的事情？我还想到我的家人，上着班养活一家人、每年带全家人旅游几次、盖了两栋房子、送两个女儿上学费昂贵的私立大学的父亲，我进入社会之后才明白他的厉害。我很清楚，父亲做过的这一切，我花一辈子都做不到。而我父亲就是一个所谓的普通人，每天早上挤在电车里的上班族之一。

当时的感受到现在仍然存在。在东京的中午，为了填饱肚子走进"立食"荞麦面店的时候，店里的客人是清一色的工薪阶层，男性居

---

* 　参见本书《深夜电台》一篇。

多，我夹在其中啜吸热汤荞麦。他们不管是自己一人，还是和同事搭伴而来，都有着共同的气质，略微模式化，并带有一种风格老练的说话方式和行为方式。应酬、加班、群体协调或职场性别歧视，上班的苦处我也略有了解（后来还是上了几年的班），但毕竟日本战后的社会以他们这些主流人群，也即中流砥柱作为基础，换个角度来说，像我这种不上班的人太多的话，眼下的社会模式是无法成立的。有时候在荞麦面店内跟他们并肩吸面条时，我会想起岸君并在心中感叹："是的，成为一个普通人多难！"也许他后来改变了想法当了上班族，那我会祝福他的，也会觉得有些寂寞。

至于我中午经常在"立食"荞麦面解决午晚餐，是因为方便、便宜，也会比较健康。在东京稍微人多的地方必有荞麦面店，若你行走在一条街上，方便、快捷又经济实惠的快餐并不是麦当劳，而是荞麦面。连锁快餐店的午饭套餐至少要五百日元（约合人民币二三十元），一碗平民荞麦面的价格和快餐店套餐差不多，立食荞麦面店会更便宜，而且荞麦本身有降血脂、降血糖等功效，当我发现八平米房间附近就有一家荞麦面店时，就知道自己肯定会成为这里的常客。

这家荞麦面店非常不起眼，店铺正面的玻璃门几乎被两台饮料自动贩售机所覆盖，玻璃门也从来没擦过，关上门就看不清里面的样子。好不容易拉开大门，眼前就是吧台，大门和吧台之间的窄小空间还放了五把椅子，挤得很。虽然外观上并没有能够吸引人的地方，但因为店铺位置优异，位于地铁出口的正对面，这家面店生意还可以，特别是开始提供酒精饮料的夜间，透过这家店的暖帘总能看见四五个身影。我一开始喜欢在傍晚下了地铁之后来这里，回家前吃碗汤面暖暖身，后来发现傍晚是这家的高峰时刻，便改成白天来这里解决午餐。

"欢迎光临！"听到老板娘的发音，客人应该会发现她并非土生土长的日本人。不过现在的日本社会里，尤其在餐饮等服务行业，外国员工并非罕见。她的背后，墙壁上写有好几种汤面种类，荞麦面和乌冬面，还提供各种下酒菜。等你点完，老板娘用铿锵有力的声音说："好嘞！稍等下哈。"

她的个子不高，乌黑浓密的长发及腰，目测年龄约五十多岁。身材极好，一点赘肉都没有，动作也干脆利索，能看出她的勤劳。还有一点让人印象深刻的是她的笑容，见到人就灿烂地一笑，就像给人一个拥抱一样，这和百货公司柜台女士彬彬有礼、却不带感情的微笑完全是两回事。看到她的笑容，我就把柜台上还没擦干净的汤汁痕迹，以及还没收拾好的餐巾纸团都抛在脑后。

这家用的荞麦面是冷冻的，滚水下锅，沥干后浇上汤汁、小葱末和裙带菜，面条的口感保持韧劲。我刚开始不是很习惯这家的汤汁，闻不出鲣鱼高汤的香味，荞麦面的最大乐趣该是啜入面条那一瞬间散发出的高汤味，后来老板娘加以改进，现在味道尚可。汤汁的温度也是足够的，吃完整个身体都舒坦起来。

这家店常客多。有一天我进来的时候有两位客人，是年纪略大的一男一女，不久我便发现坐在我旁边、穿着女装的那位也是男性。店里的角落上方有个小小的电视，两位客人边看电视边聊天，老板娘也偶尔插几句，说这个男演员的太太是某某、那个主持人的孩子如何，

有时候我想，将来自己也能有这样的一家小店那多好。但旁边的欧力酱跟我说："还是算了吧，你做不了。"确实，这是一份需要有体力和高情商且机灵的人方可做到的工作。

看来他们三个都很熟悉，后来我也慢慢被这场对话卷进去了。离电视最近的男性客人年纪最大，他可能因为有些害羞，有时候对着电视说句话，若你仔细听，会发现其实他在跟你说话（"哎呀，这些歌手我都不认识了"）。你回他一句（"我也不认得了，而且都比我年纪小很多"），他也继续面对着电视（"你还可以吧，看来还年轻"）。而身着女装的那位更害羞，同时也很有礼貌，我进来的时候他给我让位置，差点把身前的啤酒杯打翻了。随后的对话里他听我说什么都拼命点头、微笑，但从来不看我一眼。

过了一两周，我又去了这家荞麦面店，是一个下午。那天我刚好在 DIY 店买了几块木头，打算在八平米的房间里做个架子*，等我点完荞麦面，老板娘就问我那些木头是干吗用的。听完我的解释，老板娘问我有没有铁锤，没有的话可以借给我，我说太好了，本来打算在附近的百元店买。到我在吃面时，常客之一的男性客人——后来我发现离电视最近的位置是他的"指定席"，大部分的时间他就坐在那里——转头看了一眼我买的木头，然后问我买的钉子有多长。这次他没有上

次那么害羞了，说话的时候也会稍微歪头看着我。我说钉子有 3.5 厘米，他说："那太短了。你得去换啊。"老板娘边收拾厨房边跟我说："你还是听他的好，他的手很巧，小家具都能自己做，他说的话应该没错啦。这个人做了那么久大公司的业务部部长，不晓得从哪儿学到的这种技术。"

没想到吃荞麦面能遇到 DIY 师傅，那天他教我了一些基本功，一根钉子所需的长度，做架子到底要用直钉还是用螺旋钉，最后他的意思是我完全买错了钉子，铁锤根本用不上，要用电动工具和螺旋钉子方可。听到这里我隐约明白了，他今天打破常态跟我说了这么多，是因为我和老板娘这两个 DIY 素人的对话，他实在听不下去了。

DIY 师傅讲到这里就到隔壁玩弹珠去了，店里只剩下我和老板娘。她开始问我一些个人的事，我也如实地回答，知道我和中国人结过婚后，她就说起自己的经历，原来她也是中国人，她的姐姐先来的日本，后来她二十三岁时过来，一开始在酒吧上班，涩谷、六本木那些以夜生活闻名的地方她都很熟悉。她节约勤俭，和姐姐合租，四年后有了现在的店，没换过地方，一开就是二十五年。老板娘格外勤劳，独自照料这家荞麦面店之外，早上还做一份医院的清洁工作。她的荞麦面店中午和晚上都开着，晚间的营业时间提供各种酒精饮料，啤酒、清酒、酎ハイ*、サワー†和马格利（韩国米酒），小菜以凉拌豆腐、番茄、纳豆、日式内脏杂煮或关东煮等经典下酒菜为主。这时老板娘也施展本领，相互斟酒、碰杯对饮，闹到半夜，甚至凌晨两三点。"有时候我好想回家睡觉，因为早上六点还得起床呢，但也不好意思把客人赶走，还是陪到他们自己说要回去为止。"她苦笑着说。后来有几次我早上去便利店买早餐，看到过骑着自行车赶路的老板娘，还不到七点呢，真心佩服她的体力和毅力。

　　哪一种生活都有苦处，何况生活在异乡的这位老板娘。有几次的闲聊中她漫不经心地说过，丈夫喜欢玩弹珠，输到要借钱还债，金额不大也不小，也是她帮他还债的。节衣缩食已经成为她的习惯或常识，她不管什么季节都穿着客人送的旧 T 恤衫，隔壁便利店她从没去过，

＊　酎ハイ：读作"求嗨"（chūhai），以日本烧酒为底酒，兑入苏打水或非酒精饮料（如绿茶等）后调制的勾兑酒。

†　サワー：读作"撒瓦"（sawā），即酸味气泡酒，以包括烧酒在内的蒸馏酒配以柠檬汁等果汁的饮料。

因为价格偏贵。有一次她给我推荐一家"业务超市"*，我说听说过，只是嫌远还没去。她听后突然恼火："没多远，走路差不多二十分钟嘛！当散步呀，你天天在家里写稿，稍微动一下不行吗？哪怕才便宜十日元，但这也是钱呀，是不是？你怕累，那也可以用我的自行车去。"她一边说话一边气呼呼地炸鸡块，我想起她前几天说最近容易累，有几天上午开店前做天妇罗，因为突然头晕，赶紧把瓦斯关好坐下来休息。我又想起，她这几年脚底变薄，儿子为她约了一个小时的按摩，后来她自己打电话取消了，因为"太奢侈"。我在吧台上带着歉意地喝水，不久她把我点的裙带荞麦面递过来，上面加了一个刚炸好的鸡块。后来我采纳了她的建议，少去便利店，多走几分钟到大超市买东西，现在周围三家超市的打折时段都很熟悉了。

老板娘一方面很节省，但对别人一点都不吝啬，我觉得她有点过于善良。比如，她年轻的时候在一家酒吧上班，老板是台湾人，店里来了一个上海姑娘当服务员，她就借给这个陌生女子五十万日元，相当于普通上班族两个月的工资。"因为这个上海人说父亲生病了，得

---

* 业务超市：日文"業務スーパー"，专门销售以大包装半成品食材和调味料为主的超市，分量大但性价比高，主要顾客为餐饮店，一般消费者也可以购买。

在这里我最喜欢吃的是"肉荞麦（niku soba）"，普通荞麦汤面里加肉片，撒上葱末，加一两块天妇罗。我吃的时候常客大叔也点头道："点对了。这家的肉片比别家的多。"

马上开刀，我听着好难受。因为我母亲是做医生的，我也知道生病的时候会多困难，就把自己所有的存款三十万日元拿出来，上海人说还不够，我跟台湾老板说过几天要交学费了，这是撒谎的啦，向他借了二十万，一共五十万统统给了她。她连忙道谢，说是过一个礼拜就还给我，还留了电话号码和东京地址。后来我发现她留给我的电话一直打不通，地址也是假的。这种事情哪好意思跟老板说呀，只能自己拼命工作还清这笔钱。"

老板娘外柔内刚，她的日语还有种盖不住的外国口音，有的客人喝醉之后对这点纠缠不休，叫她"外人"*，老板娘微微一笑，假装没听见。在吧台喝酒的常客看不下去了，是一位和我同龄的中年男士，他喝斥醉客说你闭嘴，对方并没有反驳，把剩下的酒喝完就走了。后来老板娘说那位中年男士是我的同行，也是个自由撰稿人，然后把一本著名的周刊杂志给我翻，说是里面有他写的文章，那篇文章主题是"最能让男人勃起的 AV 女优排名"。我说这很厉害，这么有名的周刊杂志卷首特辑，稿费标准应该也不低。

---

* 外人（gaijin）：日文"外国人（gaikokujin）"的缩写，即来自其他国家的人。

只有那么一次，我看过她流眼泪。那是在梅雨期刚结束、特别闷热的晚上，我点了一碗冷荞麦面。老板娘送给我好多天妇罗，至少有四五种，然后笑眯眯地递给我。旁边的常客看到这碗格外丰盛的冷荞麦面叫出声："怎么对她这么好！"对此"抗议"老板娘没有回应，叫我慢慢吃。

　　等我用完餐，她问，今天的天妇罗味道怎么样，我说很好呀，都吃光了。听我说完老板娘点头表示满意，接着说："今天下午来了一位客人，好像是上班族，穿着西装，之前没来过。他点了一碗天妇罗荞麦面，吃到差不多的时候抬头跟我说这个天妇罗有点酸。我说不会呀，今天中午刚炸的，怎么这么快就变味了呢。没办法，我就当场把他剩下的天妇罗吃掉了，一是我也想知道是不是真的会酸，二是因为万一真的有问题，他把这个天妇罗拿到保健所（日本政府的预防保健机构）就完蛋了，所以我得消灭证据。我觉得一点都不酸，但客人还是坚持说确实有点酸。我们就这样吵起来了，后来我不收钱了，算自己倒霉，让他走。刚刚你吃的天妇罗和他吃的一样，你说味道没问题，我心里有数了，我的天妇罗确实没问题。"

店里其他客人哈哈大笑起来。我听完她的解释就想起，其实今天天气又闷又热，店里又没有空调，同时慢慢开始觉得有的天妇罗好像确实有点酸，不过吃都吃下去了，还能怎么样呢。老板娘看着我们又说："说实话，我很委屈的。"停下了手头的事，掉了眼泪。

看她这样我更不敢说什么了，挺起胸膛向她保证："不酸，一点都不酸！女人一个人照顾店，那人怎么来欺负你呢？太不应该了。下次若有这样的客人，你就把我叫过来，反正我没事干，经常在这附近溜达，人家说什么我不管，肯定给你撑腰！"我说的是真心话，听完她笑了，我才放心下来。

我也在她面前哭过一次。夏天将要结束的一个晚上，那段时间我的工作都不怎么顺利，在新宿逛了一圈心情也没有好转，去了一家餐厅因为服务不到位，反而有种雪上加霜的感觉。坐地铁回家，结果下车时我的双脚被一个穿西服的上班族的长伞勾住，我从车厢里向外跌倒了。大家都视而不见，那位上班族也侧着脸继续看手机，我试着追他也来不及，车门已关。其实这都是小事，但心中某种累积的疲劳和焦虑在我跌倒的时候突然抑制不住了，膝盖很痛，心里又委屈，我就钻过门帘进了荞麦面店，向老板娘哭诉。

还好店里只有一个客人，老板娘到我面前听我说完："哎呀，吓死我了，还以为你遇到小偷或被强奸什么的呢！"边说边从后面的柜子找出药膏，一整包都塞给我。店里的客人我见过，是一位来自四国高知县的中年男性，因为他是棒球队"欧力士野牛"的超级粉丝，所以大家干脆叫他"欧力酱"。他看见哭完连妆都花了的我有点不知所措，喝了一口啤酒跟我说道：

"我可以明白你的心情。但你千万别绝望。我有一次在 JR 中央线的车上看见过色狼，有个女生叫了一声，那个男的就跑走了。我和周围的乘客一样，完全没反应过来，就是不知所措。事后我特别惭愧，自己怎么这么没用啊，活了这么久连抓个色狼都不会。后来呢，没想到机会来了，我那天刚辞职，同事们为我办送别会，我也喝得一塌糊涂。那天晚上我又看到一个色狼，这次我抓住他不肯放，与受害的女孩子和另外一个目击者一起到警察局。结果办完各种手续已经凌晨五点，天都亮了，也无所谓，我反正辞职了嘛。警方给我谢礼，五千日元（约合人民币两三百元），跟我花的力气和时间相比完全不划算，但假如让我再遇到一次，我还是愿意抓犯人。我想说的就是，你跌倒的时候，周围的乘客肯定想帮你的，但可能跟那天的我一样不知所措。也有可能，他们以后哪天会鼓起勇气帮助别人。至于那位拿长伞的上班族，你就别管，很多上班族就是那样，在公司里的不满不知道怎么发泄，只知道欺负弱者。我就很讨厌东京的电车，大家都很焦躁。还好我换了工作，现在自己开车跑业务，不用坐电车通勤。"

最后欧力酱吐槽"东京没啥好的，就只有工作机会"，我在吧台上托着腮听他说话，点了一份拉面。日本"电车色狼"屡禁不止、层出不穷，我也遇到过，也因为如此，周围几位男性朋友也有过抓色狼的经验。老板娘照样把一份炸物送给我，拉面非常好吃，但这次我确定炸鸡块的肉有问题，有种难以咽下去的味道。我隐约明白过来，为什么大部分常客在这里只喝啤酒，而不去点吃的。其实这家荞麦面店在点评网上的评价非常少，评价分数也偏低，但我们还是愿意来这里。估计在东京，在日本其他城市或国外很多地方，和她一样的老板娘和小餐厅们，经营不是为了晒图或让人评价，开店就是为了生活，来店里的人也是为了吃喝聊天，而不是评价或打卡。

那天天气比较闷热，这家小餐厅没有空调也没电风扇，但不时有风从大门吹进来，挺舒服，我们的头发都被吹得蓬松散乱。我说这里是挺凉快的，欧力酱说，那是从对面的地铁口吹上来的，月台有制冷设备，有车辆进站就有风，吹上来的"穿堂风"自然带有凉气。老板娘满意地点点头，表情好似在说："瞧，俺家条件真不错。"

欧力酱明天还要工作，我们互相握了个手，老板娘又笑眯眯地出来送我们，就各自走自己的路回家。聊了这么多，我只知道对方的绰号，也不足为怪，这就是彼此刚刚好的距离，没有压力，但能够感觉到对方的温度。我回到家，走上楼梯的时候膝盖有点疼，但心里那种委屈已经烟消云散。

这是有点不可思议的现象。荞麦面店的老板娘和客人，或咖喱店的同事，这些连"朋友"都称不上的关系（"朋友"的概念在中日之间有些差异，得另外讨论）为何能够消除你心中轻微的寂寞感。我想，那就是因为他们并不是"朋友"。友情是一种亲密、因此又难免陷入封闭的关系，而在职场或餐馆等场所的偶然相遇和擦肩而过是一种开放性的关系。这些不经意的场合中你都能找到气味相投的人，这种经验自然让你和眼前的世界建立信赖感。因为外面世界的风浪颠簸，你确实会受到伤害，而在荞麦面店里的对话带来的欣慰，就像是一束阳光，鼓励你往前再多走几步。

记得疫情蔓延前的一个秋天，以东京为中心的首都圈迎来年度最强台风"海贝思"，很多人为了防止窗户破碎，在窗上贴米字胶布，胶布突然陷入严重缺货状态，不管在百元店、便利店或平时生意不怎么好的文具店，都找不到一卷胶布。我是在新宿的"东急 Hands"（大型生活用品店）看到一卷昂贵的高级胶布，买回来贴在窗户上。结果我所住的地区虽然遭受了暴雨和强风，但总算逃过一劫，胶布和抢购来的面包都没派上真正的用场，第二天早晨日常生活开始基本恢复正常。

我买的面包有点多，接下来两天都没吃完，最后吃腻了就到荞麦面店点了一碗面。老板娘照样多给我一块南瓜天妇罗，这次的味道很不错，毕竟天气也凉快起来了。店里就只有我和另外一个客人，是为周刊杂志撰稿的同行，他没点吃的，就喝"撒瓦"。我们三个人聊起台风，因为没有受到太大的灾害，我们都比较放松，我还提起自己买来的高级胶布以及在商场大家疯狂抢购胶布的情景，当笑话讲给两个人听。老板娘说我胆子太小，指着店里的玻璃拉门说："这么旧、这么大的玻璃门我都不怕，破了就算了。"说完她好像想起了什么，喝了一杯啤酒（同行请客），便讲起今天刚发生的一则故事。

　　今天午后来过一位中年男性常客，平时做工地监管，身体强壮魁梧，性格也开朗活泼。但今天的他和平时完全不一样，垂头丧气，声音里也没有平时的力量，老板娘问他怎么了。他说这次自己没拿台风当回事，而且台风来的那天刚好在外地有事情，所以晚上就在别的地方过了夜。第二天回到家一看，附近大河荒川决堤，他的房子一部分彻底倒塌，没倒塌的部分也严重浸水。他几年前离了婚，孩子跟着母亲，房子归他但需要继续还贷多年。客人是在吧台上边哭边说这些的。

"真没想到那样的男子汉还会哭。"老板娘靠在吧台后的冰箱嘟哝道。她接着说，这位客人还说有件事情想麻烦老板娘。

"我想这下可好了，完蛋了，我以为他要跟我借钱呢。所以我说，你要先说具体要干吗，我看看能不能帮得上忙。结果真没想到，他问我能不能拥抱他。"

我一时不知道说什么好。片刻后同行仰头道："这到底是什么意思，疯了，还是个变态？"

老板娘看着我们满脸困惑，接着说："我答应了，绕开吧台，先从侧面到外边儿，再从大门进来，在吧台前用双手拥抱了他。拥抱了几分钟，店里没有其他客人，就只有我和他两个人。我其实也不知道还要干吗，就抱着他说，你现在有很多困难，我知道。我也是很年轻的时候从中国到日本，啥都不懂，吃了不少苦，开店二十多年，也经历了很多事。我明白。我们不要想半年后、一年后，就想着明天，能见到第二天早上的太阳就好，不要想太远。过一天就算一天，好不好？"

最后他说"好的"，抬起头，刚才的灰心丧气都消失了，据老板娘的描述"一下子就恢复了原样"。老板娘有些不放心，让他临走之前写下名字，这样万一哪天在电视上看见报道，比如"单身男子投河自杀"之类的，也方便确认是不是他。他在老板娘递来的笔记本上乖乖地写下名字，钻过门帘走了。老板娘找出那本笔记本给我们看，用钢珠笔写的字，有些歪歪的，但从字迹能看出这个人性情敦厚。他的姓比较特别，至少在东京比较少见，同行也说，这个名字比较容易认出，若有报道一看就知道了。我也接着跟老板娘说，您今天做了件好事，算是行善积德。

这次疫情东京也迎来了好几波，但老板娘的这家店还是熬过来了。疫情期间在同一栋楼第三层的"女装酒吧"（喜欢男扮女装的人集聚的地方）关门大吉，她有点想关闭荞麦店，重新租这第三层的大空间开一家KTV，说这是她一直抱有的梦想。对此我感到非常惋惜，但跟她保证一定要去新店唱几首。后来不知道是什么原因，她这个计划泡汤了。

几次"紧急事态宣言"要求餐饮娱乐行业缩短营业时间，晚上八点之前要打烊，这反而让老板娘习惯早回家早睡觉，"现在已经没法再和客人一起喝到凌晨，到晚上十点就有点想睡了"，她笑道。但早上的清洁工作她还在做，继续在店里炸制天妇罗，电视前的"指定席"上还是那位 DIY 师傅。

深夜电台

　　在海外生活多年，回到日本之后，我恢复了一个曾经的习惯，就是用收音机听广播。现在说及广播，估计大家听网络电台节目会更多，但我还是喜欢听从那台机器里流出来的声音，和主持人、听众共享当下的感觉。为了写完稿子，我常常离不开八平米房间里的小桌子。外面天气晴好的大白天，或晚到已无人更新朋友圈和推特的深夜，只要打开收音机，就有人在这世界某处和你说话，内容有趣或无用都无所谓，心里都能获得一种安慰。

　　在北京生活的几年，我听广播节目都在出租车里。不少司机师傅边开车边听广播，应该是"交通文艺"之类的节目，武侠、评书或相声都有，虽然我不是全都能听懂，但听着节目看窗外风景，偶尔和带北京口音的师傅聊几句，是一种乐趣，我很喜欢这种感觉。自从打车

八平米一角，红色音箱是根据朋友推荐在北京朝阳门外的雅宝商城买的，才一百多块钱，朋友还说买贵了。它主要用来和手机蓝牙连接，听广播和音乐，用了五年没坏。（都筑响一摄影）

App 普及之后，感觉不少司机都不怎么听广播了，因为 App 不时地提醒司机附近有订单，而在后座的我也被迫观赏视频，哪怕我一坐下就伸手关掉屏幕，眼前黑漆漆的广告屏也会带来压迫感，让我很不适应。另外，在中国生活的这段时间，我听过一些广播节目，尤其是聊天节目，总觉得主持人也好、嘉宾也好，整个节目严格按剧本进行，有些不够"傻气"。或许是他们说话过于小心，也可能是我的听力水平有限，我很少遇到让人捧腹大笑或心情舒畅的节目，后来我都不怎么打开收音机了。

日本的广播节目有多"傻"，我举个例子。现在脍炙人口的"中二病"一词，也是在一个"民放"（民间放送）TBS 广播电台节目《伊集院光 深夜马鹿力 *》里诞生的，这是落语家出身的搞笑艺人伊集院光 †从一九九五年开始主持的长寿人气节目，至今已有二十五年历史。我是一九九七年从成都留学回来之后开始听的，它类似于杂谈节目，播放时间为每周二凌晨一点到三点，他首先讲一点以"这周发现的事儿"为主题的开场白，接下来也是没有剧本的杂谈，内容轻松幽默，时事

---

* 马鹿力：意为"牛劲儿"。

† 伊集院光（Ijūin Hikaru）：搞笑艺人，1967 年生于东京。他多才多艺，现在除了主持该广播节目之外，经常在电视节目里做嘉宾。他还为高畑勋导演的动漫作品《辉夜姬物语》（2013 年）里的阿部右大臣配过音。

内容并不多。后面大约一半内容属于不定期更换的各式互动话题，主持人和听众展开互动。一般主持人会提前介绍下周的投稿话题，听众过去会写明信片寄到广播台，现在则主要通过该节目官网上的固定栏目投稿。

　　到底是什么样的互动话题，这就是主持人需要发挥自己魅力和脑力的部分，因为要依靠这些话题吸引听众，增加节目的人气。《深夜马鹿力》有各种传说级的互动话题，如"落语康复"*"甲虫的秘密"†和"大傻瓜的围墙"‡等，"中二病"在一九九九年一月播放的《是否患上了中二病》中首度被提及，主持人以女医生的角色来向听众募集"可

---

* "落语康复"：主持人伊集院光曾经拜师学落语，但多年前学过的落语段子都忘记了，现在只记得题目和几个关键词，如古典落语段子《馒头可怕》的关键词是"好像是有个超甜的甜点""记得出现会吹牛的人""最后出来一杯茶"，听众按这些关键词来重新构思幽默段子并让主持人回想起段子。（播放时间为 2005 年 6 月至次年 1 月）

† "甲虫的秘密"：过去一到夏天孩子们都到山里去捉甲虫，现代小朋友生活在城市里，都不知道怎么照顾甲虫了。主持人提出"甲虫吃什么""甲虫什么时候会死""为什么国外的甲虫不能放生"等问题，而听众也一个个地认真解答，而笑点就是最后都谈及少儿不宜的家庭问题。（2007 年 7 月至同年 10 月）

‡ "大傻瓜的围墙"：题目模仿养老孟司的畅销书《傻瓜的围墙》，主持人向听众募集街道墙壁上写手低智能的涂鸦图片，如"臣乳"（应该写巨乳）等。（2007 年 2 月至同年 8 月）

疑症状"，然后诊断听众是否得了中二病。听众写来的"症状"有"当被母亲问及去哪儿，只说一句'外面'""突然开始想'未来干什么都可以，但无论如何也不想当上班族'"或"开始寻找真正的朋友"（主持人诊断该症状为中二病，并加一句"抱歉，世上并没有真正的朋友这东西"）等。这里也能看出，日本的很多广播节目中听众的存在感非常重要，他们充分理解这个节目的风格和方向，且和主持人也有一种默契*。很多广播节目的人气，一方面是靠主持人和互动话题的吸引力，另一方面又靠听众通过明信片或邮件提供的笑料。个人感觉，中国的广播节目里主持人和听众互动的形式也不少，但多半属于日常的闲谈。反观，我能在中国的微博、微信上的各种新闻报道、个人文章、音乐或视频下面的评论区里看见非常有意思的留言，我很欣赏他们各种各样的表达方式和幽默感。

至于"中二病"，最初它只是指少年在青春期，尤其在初中二年级时表现出的特异言行，但后来变成俗语后，意思有点被扭曲并带有蔑称的色彩。几年前这位主持人被问及该词来源时，他简单回应几句：

---

*　日本有个在这种广播节目文化里诞生的角色叫"明信片职人"，指的是为某个特定的广播节目或杂志投稿并被采用的人，时间长了不仅主持人听众也能认出来。

"现在的语意变了很多，我不想说了，太麻烦。"

想想我什么时候开始听广播，可以回溯到初中时代。小学时，母亲对我的就寝时间管理比较严格，而上了初中之后，她不太管我了。晚餐后，我把自己关在房间里假装做功课，实际上是看书、看漫画、听音乐。当时我住在东京西部的多摩地区八王子市，邻近驻日美军的横田空军基地（Yokota Air Base），他们的广播电台FEN*周围地区都收得到。我当时就患有轻度"中二病"，向往欧美的同时有点看不起日本本土文化，连广播节目也如此。有一天，我听父亲说年轻的时候听FEN学英文，我回房间把收音机调到810kHz，果然，播出的节目都讲英文，好酷！当时互联网还没普及，我家附近又没有像样的音像店，介绍西洋音乐的电视节目也并不多，要获取最新洋乐信息就要靠FEN了。我最喜欢的节目是周末下午的"American Top 40"，记得当时磁带录了好几期，现在也不知道丢到哪儿去了。如今，我写稿的时候常听的广播节目就是它，全英文的节目似懂非懂，反而不会干扰注意力，同时它能够提供适当的"杂音"，音乐和

---

* FEN：全称为 Far East Network（远东广播网），1997 年改名为 AFN（American Forces Network/ 美国军中广播）。

人声混搭得刚刚好，不知不觉好几个小时就过去了。

升高中后听的节目完全受同学们的影响，别人听哪个节目自己也听，否则第二天跟不上她们的聊天节奏。当时我还有一个节目常听，却不会跟同学分享，就是《广播深夜便*》。这是在一九九〇年NHK针对老年群体开播的广播节目，节目一开播就获得听众的喜欢，因为《广播深夜便》的主旨是为被商业电台冷落许久的老年人们提供内容丰富且高质量的节目，满足主流群体需求的同时，也会提供社会弱势群体所需的信息和内容。播放时间为每天23点05分至次日5点，每天有不同的NHK资深主持人来引导听众，和各界名人对谈，介绍日本各地的生活方式，播放关于烹饪或音乐的片段，也有著名演员的名著朗读时间等，目标听众的年龄较高，内容自然而然有某种深度。我常常一边做功课，一边听明星或搞笑艺人主持的民放节目，他们讲恋爱、减肥、失恋、将来的梦想、音乐或宠物话题，这是一个世界；然后把频段调到NHK，就听到离异、死亡、回忆、战争，老百姓平淡生活中的快乐和欢笑，这也是一个世界。仿佛我在

---

* "便"在日语中指交通或运输的手段，也会指信件或邮件，如"航空便"指"航空信件"，"宅急便"指含快递在内的配送到府服务。

那段光阴里就能学到人生的各种活法，明白世界并不是单一的。听完深夜广播，睡几个小时就得去上课，女子学校的生活满是欢乐，大家有说有笑，这就像民放广播节目和《广播深夜便》的对比一样，简直是正反两个世界，但也是同一个世界。

很多年后我母亲得了肺癌，动手术之后住了院，当时在北京生活的我回国去看她。母亲抱怨整天都躺着，晚上就睡不着觉，我说可以戴耳机听广播，有个节目《广播深夜便》很好，母亲接受了这个提议。往后几天，我听这个节目时，就想象在病房的黑暗里闭着眼睛听同一个节目的母亲，其实心情蛮伤感的。后来我又去看她，问母亲喜不喜欢那个广播节目，她马上摇头道："受不了，都是老歌或交响乐，我听了大概一刻钟就不想听了。"我哭笑不得，嘴上说"有的访谈蛮好听的呀"，但知道不可能说服她了。看来我的心态比母亲"老"许多。

NHK虽然是公共媒体，给人感觉比较官方，但其广播节目并不赖。如周一晚上九点多的《今天只剩下睡觉了》，由漫才艺人暨著名作家又吉直树和其他两个艺人共同主持，这三位曾经一起合租过，谈笑风生，聊天氛围十分融洽。还有周四晚上由桐岛加恋[*]主持的《加恋风格》，聊天搭档是松浦弥太郎[†]，广播节目中的他格外轻松幽默，是一位可爱的中年大叔，和他著作中给人的印象不一样。错过这些节目还可以在官网听重播，但我还是喜欢直播，有一种和他们共享"当下"的感觉，整理房间、做菜洗碗或查资料的同时，想象着播音室里的他们，一起笑一笑。

去年年底，打工结束后和同事一起吃咖喱饭，我问同事过几天打算怎么过年，同事回答说"All（通宵）"。这位同事还有另外一份工作，在歌舞伎町的酒吧当服务员，想到每年过年在酒吧里和很多人一起倒计时，他笑着说："不晓得我们为了过年而喝酒，还是为了喝酒而过年。"然后他反问我会怎么过，我说自己没什么计划，应该和前一年一样，在自己的房间里听着广播就迷迷糊糊地过年。其实这挺好玩的，十二月三十一日晚上 NHK 的广播首先直播被称为日本"春晚"的红

---

* 桐岛加恋（Kirishima Karen）：日本女演员暨模特，1964 年生于横滨，母亲是作家桐岛洋子。主要作品有《小森林 夏秋篇》（2014 年）、《小森林 冬春篇》（2015年）等。

† 松浦弥太郎（Matsuura Yataro）：日本书商、作家，1965 年生于东京，东京著名旧书店 COW BOOKS 创办人。主要著作有《最糟也最棒的书店》（2003 年）、《100 个基本》（2012 年）等。

白歌合战，节目一结束，就播出低沉且缓慢的钟声"咚——咚——"，几分钟之内气氛变化悬殊，我一边写稿一边听，然后新年就到了。

因为天天听收音机，电池消耗得比较厉害。我平时用充电式电池，会再多准备几颗备用锂电池，这样在充电的几个小时也能听节目。这带来一个好处，当台风等天灾来临，商铺里的电池很快被抢光时，我也不必担心。

若大家到日本庶民的生活地区四处仔细看看，可能会发现有不少地方在播放收音机，比如餐厅的厨房、施工现场、喫茶店或商铺等。我曾经打工的中华料理店，中午开门前几个小时的准备时段厨房里都在放广播，年轻的厨师学徒们听着新闻或流行音乐切菜、熬汤、做点心。几年前我去冲绳一个小岛旅行，经过一个工地时听到很好听的嘻哈音乐，驻足发现音乐来自青年工人身边的收音机，估计是当地电台播放的。在从蓝海吹来的凉风中站在工地旁听嘻哈音乐，那是在那次冲绳旅行中印象深刻的画面。还有一次我拜访京都一家传统工艺品工坊，它位于市内北部的住宅区，外观相当低调。拉开金属框的玻璃门，首先看见里面做事的几位匠人，然后听到了很熟悉的 NHK 广播节目的声音，那是我在八平米的房间里打字时也经常听的。我们的生活被收音机广播节目平稳而微弱地连接起来，不会太近也不那么遥远，这种距离感对现在的我来说是刚刚好的。

这台收音机用了多少年有点不清楚，到现在还天天用。放在播放器里的磁带是妹妹小时候经常听的儿歌，我都没动过。

听落语，找幸福

　　中国的相声我虽然不是全部都能听懂，但还是很喜欢听，对现代的相声业动态也颇感兴趣。在北京生活期间，听相声主要是在出租车上，有的师傅很客气，载客之后会马上伸手关掉广播，我却求师傅千万不要关，边看风景边听相声，那多有趣呀。两个人逗哏捧哏，斗嘴的节奏和语音语调感觉和车窗外的亮马桥、国贸或和平里的风景特别搭。

　　日本也有类似于中国单口相声的传统曲艺"落语"*，有四百多年的历史，因为在段子结尾抖出的"落"†会逗观众发笑，故名曰落语。我一开始听落语是受了父亲的影响，热爱落语的父亲还在大学的时候就

---

* 　落语：相较于歌舞伎、能剧或狂言，落语更面向老百姓，用民间大白话讲日常生计、家长里短。早期的落语大部分属于幽默诙谐故事，后来逐渐发展为四大品类，除了让人捧腹绝倒的"滑稽话"，还有讲述世间人情冷暖的"人情话"、源于歌舞伎等戏曲形式的"戏剧话"，以及借怪力乱神讽刺人间丑恶的"怪谈话"。表演落语的艺人叫作"噺家（hanashika）"，也叫"落语家（rakugoka）"。

† 　落：即包袱，相当于相声的"哏"。

加入"落研"*，结婚买房之后他有了自己的小书房，在他的书桌上有一套《桂米朝上方落语集》，是上方落语界泰斗桂米朝†曾经表演过的落语作品合集。落语在形式上可分"江户落语"和"上方落语"两大流派。前者用江户语表演，多为讲述匠人或武士的生活和情感；后者使用"上方语（关西腔的源流）"，讲述以商人为主角的滑稽话，嘛家的动作也会比"江户落语"夸张一点。出身于关西地区（以大阪、京都为中心的地区，又称为"上方"）的父亲一向习惯听后者。有几次他和我母亲吵得不可开交，他就把自己关在房间里，透过木门我能听到他播放的落语段子。在我印象里父亲是一个情绪比较稳定的男性，也擅长看到每件事情阳光的一面，估计也和经常听落语有点关系。这种耳濡目染之下我被熏陶出一种调整心情的方法，那就是听落语。

　　刚开始我还是听磁带最多，后来换成光盘。九十年代末我在四川

---

*　落研（ochi ken）：落语研究会的简称，也即落语社，日本高中和大学常见的社团之一。

†　桂米朝（Katsura Beichō）：原名为中川清，著名落语家。1925 年生于中国大连，五岁时跟随父母回到日本。大学期间从落语研究者正冈容学习落语，二战结束之后边上班边致力于落语的推广。1947 年正式拜第四代桂米团治为师，成为第三代桂米朝。与已故第六代笑福亭松鹤、已故第五代桂文枝、第三代桂春团治并称为上方落语界"四大天王"。1996 年被认定为重要无形文化财保持者（通称为"人间国宝"），2015 年因病去世。

大学留学，住在靠近九眼桥的留学生楼。在成都的日子我大部分时候过得很开心，但由于语言不通，有时会陷入各种困境、迷途或孤独中。有一天我收到从家乡寄来的一个包裹，东西以食品为主，如茶泡饭之素、秋刀鱼罐头、做寿司用的海苔、我从小就喜欢吃的饼干等，一看就是母亲为我准备的。我一边开箱一边和法国室友欢呼，最后在箱子底部发现还有一盒磁带。磁带 A 面写着"桂枝雀"，B 面则是"桂三枝"，看字迹即知是父亲，桂枝雀和桂三枝都是日本著名"上方落语"的噺家。

　　我和室友共享一台手提式录音机，是之前的学生回国前留下的，室友用它来听打口磁带，她喜欢汤姆·威兹，她不在的时候我听磁带里的经典落语段子，如《夏天的医生》《宿替》或《亲子酒》，听多少遍也不会腻，跟着想象中的观众一起笑，三味线的伴奏小曲也让人无比欣慰。节目短的只有十五分钟，长的也顶多半个小时，听完一两个，我就带着佳能胶卷单反出门，骑着自行车穿梭于老成都的小巷子。留学结束时我们交换了磁带，我拿了 *Closing Time*，室友把落语磁带带

场子前方，表演者登台的地方叫作高座（kōza），设有模仿"座敷（铺有榻榻米的小房间）"的简单布置。（经许可 2021 年摄于浅草演艺大厅）

艺人没有特别的服装道具，仅凭一人和一折扇，就能让观众捧腹大笑或怆然泪下。

回法国。如今我一听汤姆·威兹的歌声，眼前就会浮现窗外灰蒙蒙的阴天和锦江，就是这个原因。

桂枝雀特别会博取笑声，尤其是他那幽默的表达情绪的方式，以及那诙谐的表演形象，打动了我的心，本来想在回国之后去看高座上的他，不料，我回国没多久这位落语家在家中自缢了。当时我有点摸不着头脑，能够让全场观众笑成一团的落语家怎么会有忧郁症，但现在年事渐高，似乎可以明白幽默背后所压抑的苦涩。

经二十余年回到东京，NHK广播中有几个落语节目，我在地铁上戴耳机听的一般都是这些节目。回来后欣赏现场表演的机会也多了些，以落语演出为主的曲艺剧场叫"寄席（yose）"，在日本全国各地都有。实际上只要有落语家表演小品，酒吧、书店甚至家中的客厅，都能成为暂时的"寄席"。据日本大百科全书介绍，江户（今东京）曾有四百间寄席，几乎每个小巷都会有一间，和茶馆或梳发店一样多，而每间寄席一天的客流大约有一百人，能看出当时落语在庶民娱乐中的重要位置。但到了明治时代数量减少到八十多间，大正时代期间又减了一半，二战结束之后则只剩几家。

每天都进行落语表演的寄席还有另外一个称号"落语定席（rakugo jōseki）"，多亏大批忠实听众的支持，在东京还有四家定席保留至今：在台东区的浅草演艺大厅和铃本演艺场，在新宿的末广亭以及丰岛区的池袋演艺场。落语定席表演时间一般分为昼场和夜场，以浅草演艺大厅为例，昼场表演时间为 11 点 40 分至 16 点 30 分，夜场在昼场结束后十分钟即开始，到晚上九点结束。票价每场三千日元（约合人民币不到两百元），和一千九百日元的电影成人票价相比略贵，但考虑到表演时长以及表演项目的多样性，去寄席也挺划算的。寄席允许自带饮料，中间的休息时间还可以吃东西，这也是寄席在日本被称为"庶民的娱乐"的理由之一。

浅草演艺大厅位于"浅草六区"。一百五十年前，明治维新元勋大久保利通（Ōkubo Toshimichi）着手浅草地区的规整时，他把浅草寺境内的地方分成六个，第六区集中了剧场、电影院、歌剧院等各种娱乐设施，当时全日本第一高塔的"凌云阁"、日本第一家电影院

浅草六区

"电气馆"也都在这里。战后一九四七年在六区出现第一家脱衣舞场"Rock 座"（"六区"罗马音为 rokku，和 rock 谐音），著名小说家永井荷风（1879—1959 年）则是 Rock 座的常客，尽管处于食品匮乏时期，他会想办法从黑市买来糖果和点心带给舞娘们。一九五一年在六区又有了新的演艺中心，设有脱衣舞场和现代剧场，曾经游学于法国的永井荷风将其命名为"France 座"，短短十三年历史中培养出北野武、渥美清（《寅次郎的故事》主演）等演艺界大明星。随着电视的普及，脱衣舞场和现代剧不再受欢迎，在东京举办奥运会的一九六四年，France 座关门大吉，因为当时在浅草地区没有一家寄席，业主把部分建筑改装成寄席，一楼作为以表演喜剧为主的东洋剧场（现在的浅草东洋馆），四五楼作为浅草演艺大厅。

现在的浅草演艺大厅开在底楼，门上挂着灯笼，当日出演的落语家名字被印在长长的旗帜上，奔放跃动，眼花缭乱。大厅售票处其实是一个非常小的窗口，运气好的话可以见到一只虎斑猫 Jirori 君，它从二〇一六年开始负责抓老鼠，但我只见到过它躺在售票员旁边打呼噜。

浅草演艺大厅外观。旗帜上的字体被称作"橘流"，专门写落语家名字用。

从大门进去，右手边是小卖部，别忘了先在这里买好饮料和小点心，这里的"助六（sukeroku)"是我的最爱，它是由稻荷寿司和卷寿司组合的一小盒便当。助六便当在一般超市都能买到，但还是老铺做的味道正宗，这里卖的是来自浅草百年老铺"志乃多寿司"，三个稻荷寿司和四个卷寿司，配少量粉色腌姜。眼睛专注观赏高座上的艺人，耳朵聆听他们讲的故事，舌头品尝流传至今的江户味，真是一种享受。

寄席门票一般都是自由席位，不对号入座，浅草演艺大厅内部分为两层，第一层有两百多个座位，第二层也能坐一百个人。现场观众以中老年人为主，老爷爷大多单独来看表演，穿着比较随便，给人的印象是他们直接穿着拖鞋就从家里走过来了，老太太们的穿着比平时好看一些，但也不太正式，她们常常和闺蜜们一起来。台上的表演一结束，老太太们会边鼓掌边与朋友小声分享感想并交换糖果、仙贝等小点心，样子非常可爱。也有年龄不详的打工仔、情侣或夫妻以及独自而来的年轻人，不论年龄或性别，寄席观众的穿着都不太拘泥于小节，没有歌舞伎座或东京国立剧场*的观众那么隆重和精致，穿 T 恤衫

---

* 东京国立剧场：位于东京都千代田区，1966 年为保存日本传统艺能而建，由日本艺术文化振兴会负责运营。该剧场有两个会场，大剧场主要供歌舞伎演出，小剧场供文乐等古典戏或落语等演出。

和棉布裤子来也一点都不扎眼。周末和寒暑假期间会有带孩子来的家长，小朋友们的笑声有种感染力，高座上的艺人似乎看起来也很开心。总之，来这里你不需要特别的文化修养或社会地位，我最欣赏的就是寄席的这种日常感。

　　昼场和夜场公演时间各有三四个小时，内容除了落语之外，还包括其他各种传统表演品目"色物（iromono）"，比如有类似于中国相声的"漫才"、一个人站着说笑话的"漫谈"、传统剪纸、太神乐*、奇术（魔术）等，每种节目约十五分钟。含落语在内，共有二十多种节目轮流演出。有的节目就算观众不懂日语也可以在一定程度上理解和欣赏。我有几次带海外朋友去寄席，当时的节目有太神乐演员以三味线、小太鼓等乐器伴奏为背景表演耍盘子、转陀螺或狮子舞，剪纸艺人一边逗笑观众一边把白纸剪出"油菜花和蝴蝶""小孩看夏日烟火""满月与月下美人"等风景，海外朋友欣赏起来并没有障碍。再加上寄席独特的风格，以及演员和观众非常融洽的气氛，大家来东京时不妨体验一下寄席现场的氛围。

---

*　太神乐（daikagura）：源自供奉神佛的歌舞，指的是狮子舞、转碟等曲艺。

与演艺大厅同一楼里设有"浅草东洋馆",是在东京唯一专为"色物"而设的剧场。图为疫情之前拍摄的东洋馆,开场前观众就排起长队。

演艺大厅的小卖部。当我拍照的时候，销售员女士叫了一声"请稍等！"，下一秒就动手把商品摆得更好看一点，然后自己又恢复成图中的肃立状。这次买的"助六"便当我带了回家并拍照，配一杯热绿茶，是在深夜慰藉心灵的美食。

这些二十多种演出中一半以上都是落语表演，每一场（昼场或夜场）表演一般由同一个派系的师匠和弟子负责，时间比较早的落语演出均由"二ツ目"（futatsume／二目）、落语家新人来表演。成为落语家要经历几个阶段，尤其是江户落语的资格制度比较严格，把落语家的身份分为四级*："前座见习"从在师父家做杂事开始，升为"前座"后可以到寄席为师父倒茶或在艺人表演前准备舞台设备。据说从"前座见习"到"前座"就得花四五年的时间，其间几乎是没有工资的，到"二目"才被允许挂自己的艺名上台表演。我曾经和浅草演艺大厅的老板松仓由幸先生聊过，问他现在还有没有年轻人愿意进入这么辛苦的行业，他说："有啊，多着呢！"他还说，想入行的人实在太多，有的落语家暂时无法接受新的弟子，所以不得不设了"三十岁以下"的年龄限制。"二目"在平时的寄席演出时负责"真打（Shin-uchi）"出场前做垫场演员，当"二目"再过十年方可成为"真打"，这期间他们精益求精，与同行切磋琢磨。"真打"可谓是最高级别的落语家，也可以收学徒，在寄席节目中负责压轴部分。

---

* 上方落语也有过类似江户落语的资格制度，而现在以"噺家的实力由客人来定即可"等理由，在落语家的身份上并没有像江户落语那样的明确规定。

昼场或夜场一共二十多种演出中间有一段大约二十分钟的"中入"（nakairi/休息时间），前半场带有暖场的作用。观众如果时间比较紧张，在"中入"之后进来也挺好的，后半场包括"真打"在内的实力派比较多。据说"真打"能背一百多个故事，他在后台等待出场时会观察当天的观众数量、年龄层和男女人数对比，并依此将表演的内容进行随机应变。所以观众事先只能知道当日表演者的名字，但并不知道他们的表演内容，这也是看现场表演的一种乐趣。

　　有一次我在浅草的演艺大厅听落语，最后只剩半个小时的时候，进来了三四位男子，都是三四十岁、穿西装、拎着包的上班族。他们进来时刚好当日的"主任"（shunin/最后的压轴，或称大轴子）演出开始了，他们都不去找位子，而是站在最后一排还往后的小角落。记得那天的大轴子是林家木久扇＊，三味线的伴奏音乐响起，这位明星级别的落语家边鞠躬边走到"高座"中间落座，开场就谈及自己的"老化"现象，即刻便引得全场大笑。坐在最后一排的我

＊　林家木久扇（Hayashiya Kikuō）：日本落语家，1937年生于东京。1960年开始学落语，1965年升为"二目"，1973年成为"真打"。

听落语，找幸福　　　　　　　　　　　　　　　　　247

能听到身后那三四位男子欢快的笑声，不知为何，也带给我一种治愈感。

　　我有点想不起那天这位落语家演的小品，也许讲讲这些"枕"（makura/开讲前引入主题的小故事）就用光了二十分钟的登台时间。经验丰富的落语家就是这样，说说平时自己怎么坐电车这些话题，拉拉家常也能让观众捧腹大笑。落语家在高座上向观众跪拜，舞台幕布闭合后人们匆匆离去，等我站起转身，原来站在后面的那几位上班族正走出寄席大门，怡然自得，相当潇洒。此刻的浅草街上亮起了居酒屋的灯笼和商业中心五光十色的霓虹灯，等我出来时，他们已经融入浅草现代和传统交织的夜色中。

附录：诗歌改编成落语小品的落语家

聊起落语的未来，浅草演艺大厅的松仓先生说"有希望的"。据他介绍，现在的落语家除了古典作品之外还致力于创作，就像春风亭昇太（Shunpūtei Shōta，1959— ），他会创作也会表演。"现在还有外国出身的落语家，可以用英日双语表演落语呢。"

我在成都留学期间听了无数次的落语家桂枝雀，就是英语落语的开山鼻祖。他的正式艺名为二代目桂枝雀，本名为前田达，在上世纪八十年代和九十年代的日本无疑是最有人气和实力的落语家。

前田达一九三九年生于神户的镀锡铁皮工人家，从小成绩优秀，在初中毕业前却因父亲病逝成为工读生，后来和弟弟搭档做了漫才组合。这一兄弟组合当时获得了相当的名气，但后来他们嫌"当漫才艺人太忙"而解散，弟弟改行成为魔术师，前田达以上方落语的泰斗三代目桂米朝为师，二十三岁第一次上台表演落语，三十多岁袭名二代目"桂枝雀"。

前列最中间的是袭名之前、刚入门的桂枝雀，前右二为三代目桂米朝，我父亲为后面左二。父亲在大学参加的是属于"传统艺能研究会"的"落语研究会"，除了落语之外还有歌舞伎、能剧、长呗或端呗等其他研究小组，图为他在大一时的传统艺能研究会纪念照。当时三代目桂米朝负责"落研"顾问，桂枝雀一边学落语一边照顾师父的孩子，也经常来"落研"和学生交流。

他从小喜欢学英语，成为落语家之后也再接再厉，上了几所英语学校，一九八四年赴美表演《夏天的医生》英文版，到一九九六年海外表演一共有十二回。他还留下了几部落语创作，如他晚年根据一首德国诗歌改编的《山的远方》，这首诗歌的原名为 *Über den Bergen**，日本著名诗人上田敏把它翻译成日文，并收录至他的翻译诗歌集《海潮音》（1905 年）中，因译文语言简洁优美、朗朗上口，后来被收录至小学五年级的国语教科书里，如今在日本几乎人人都会背。其大致意思为：

听人们说，在山的深处、天空的远方

有"幸福"之所在

我踏上一趟旅程，苦寻未果，泪流而归

人们又跟我说，在山的更深处、天空更远的地方

有"幸福"之所在

---

* 诗歌的作者是卡尔·布瑟（Carl Hermann Busse，1872—1918 年），十九世纪末的新浪漫主义德国诗人。

桂枝雀的落语小品《山的远方》开头是一个中年人的独白，他抱怨城市里"996"的生活状态，同时怀疑人生的意义，一个周末他随便搭乘列车来到了乡下。走在山路上，他看见一家破陋的茶店，主人是一位和蔼的老太太，中年人问她住在这里的感觉如何。老太太回答说还挺满意的，一年四季如画，满眼的绿色虽然看起来单调，但实际上每天的风景都有变化，一点都不会看腻。中年人听完也点头道："嗯，是呢。'在山的深处、天空的远方，有幸福之所在'，那一句应该指的是这种地方吧。"

没想到，老太太点点头回道，这附近确实有"幸福"。中年人以为她在开玩笑，老太太倒挺认真的，还指着对面一座山顶说，过了那里的一座山，再过一座山就能抵达一片很大的草原，"幸福"就在那里。她还描述了"幸福"的模样：那是一种白色的、毛茸茸的东西，也看不出哪边是头哪边是尾巴，它就那样在草原上走来走去。中年人半信半疑，就问老太太怎么能知道那个东西就叫"幸福"。

老太太于是把自己的一段人生故事娓娓道来，她是一个孤儿，因为外貌不佳、性格也有些阴郁，故此从小被人嫌弃，长大之后也没什么朋友，还得了绝症。她正要到池边投池自尽时，不知从何处冒出一位白胡须的老人，他说他可以让她抓住幸福，并把她带到一片山里的草原，在那里她看见一个白色的、毛茸茸的东西在蹦蹦跳跳。她一看见那个东西时心里感到莫名其妙的舒服，好想抓一个，但明明抓到了，一看手里却什么都没有。老人对她说道："幸福这东西你越想抓就越难抓。"

于是她在山顶租了一间小屋，开了一家茶店，每天去草原试着抓"幸福"。就这样过了三年，在她已经不在乎它的时候，她忽然抓到了一只"毛茸茸的幸福"。

中年人听到这里很想知道抓住"幸福"的感觉到底如何，老太太想了想说，这很难说明，实在要说起来是这样的："天上有太阳，这些山里头的树木也好，小鸟、昆虫也好，都活得好好的呢，我也活着。然后就觉得这一切非常难得，内心感到庆幸。"她接着说，其实城市里也能抓到"幸福"，中年人摇摇头说不可能，因为诗歌里也说了，"天空的远方才有幸福之所在"。

老太太也没有否定，而是笑眯眯地提醒他："那是没错。但对于住在山的深处、天空远方的人们来说，你所在的那座城市，就是要越过山脉才能到的地方呀。"

我父亲书房里有一套《桂枝雀落语大全集》，其中未收录这部《山的远方》，我是在网上搜了才看到。一般落语段子的包袱讲完，观众的笑声随之响起，而这部作品讲到结尾，我听到的是观众的叹息，桂枝雀在掌声中鞠躬后退，走回幕后。

独自写作的生活中，我会遇到负面情绪或工作上的瓶颈，有时候还会觉得人生就像剥洋葱一样，一层一层地剥开，到最后会发现什么都没有。这种时候，我会把手头的事情停下来，查一下寄席的节目单，乘坐地铁，然后等一开场就走进寄席，从头到尾把四个小时的表演全部都看完。刚出头的年轻落语家在台上怎么扬声都无法引起一声笑声，还有的观众早早就在最前排的位子上打起了瞌睡，但不管怎样，落语家必须把一个小品坚持讲下去，讲完才向观众鞠躬退场，然后明天在同一个时间再次登场表演。最后表演完让全场捧腹大笑的大轴子，在他泰然自若的表情里，也似乎能感觉到其中藏着多少辛酸苦楚。写不出像样的稿子又如何呢，别人不喜欢，那就再努力钻研，然后再写一稿。

听了好多落语家讲的段子，却一次也没有遇到过《山的远方》重新上演，可能是因为难度比较高，也可能是没有太多人喜欢，毕竟这并不是能够让人特别开心和大笑的作品。但每次听完大轴子表演，从寄席大门出来往地铁口走去的短暂时间里，我会想起《山的远方》，会想象那只"白色的、毛茸茸的东西"在我的脚边忽隐忽现。也不必急着去抓它吧，总有一天，它会跟着你一起回家的。

城市里玩游戏的人

在东京小房间的日子里，每天傍晚我习惯练习三味线（shamisen）。这是我六岁时母亲让我学习的传统乐器，当时还学了日本古筝*，一直学到大学入学那年。日本俗话说学艺要从六岁的六月六日开始，为什么要在这个时段呢，有人说世阿弥†在能剧理论书《风姿花传》中写道，"学习此艺，自七岁开始为佳"，书中的七岁是虚岁，按周岁就是六岁。还有个说法是用手指数数从一到十，按日本的方式"六"是小指单独张开着，而其余各指握于掌心，这像是小孩站起来、独立的样子，人们让孩子学艺也就是为了让孩子以后能够自立谋生，故此用"六"字表达对孩子的祝愿。不管是日本舞蹈、花道、茶道或传统乐器，不少家长为孩子选"六月六"为开学时间，如今的"乐器日""花道日"和"邦乐‡

---

* 日本古筝：日语名叫"筝（koto）"，中国唐代十三弦筝传入日本后发展的拨奏弦鸣乐器，桐木制长方形音箱面上张弦十三根，每根弦用一个柱来支撑。

† 世阿弥（1363—1443 年）：日本室町时代（1336—1573 年）初期，与其父观阿弥一样，是对能剧的发展有所贡献的猿乐演员暨剧作家。

‡ 邦乐（hōgaku）：日本音乐的总称。

日"也都是在这个日子。

因为小时候和父母住的是独栋房子，而且这些乐器发出的声音又不会特别响，在古筝和三味线的练习上我并没有经历过太多的约束，避开早晨或深夜即可。而在东京小房间里练习三味线我就得加倍小心，先把窗户关上，再把琴尾上的"驹"*换成另外一种长形的琴桥"忍驹"，以便降低音量，练习的时间也控制在半个小时左右。不过我遇到现在的房东还算幸运，她做人很有昭和时代的风格，做事基本靠相互的信任，她提供的租房合约中也没有禁止室内弹奏乐器。反观，现在大部分租房合约为了避免不必要的麻烦，就有明文规定："乐器一律不许演奏"。

我找到这房间之前，经常为寻找练习三味线的地方伤脑筋，附近的公园都太小，挨着住宅，根本不适合弹乐器，坐在路边练习也不行，搞不好别人以为是卖艺的。后来我选了KTV，它的环境倒不错，每个单间都有空调，也可以畅饮软饮料，尤其是上班日的白天去特别划算，半个小时才人民币十块钱。白天去KTV能遇见各种有意思的人，比

---

* 驹（koma）：相当于琴桥（bridge），用来支撑弦，架在音箱的猫皮或狗皮上，靠弦的压力固定在弦和音箱之间。

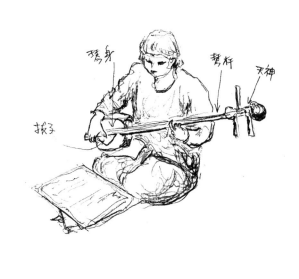

琴身　　　　　琴杆　　天神

拨子

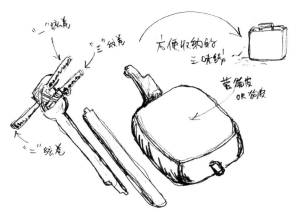

"一"弦卷

"三"弦卷

"二"弦卷

方便收纳的
三味线！

黄蜡皮
OR 狗皮

三味线示意图。细棹三味线的重量不到三公斤，拆开之后装在箱子里，一共
也就五公斤左右，坐飞机可以随身携带。（作者手绘）

如有一天我在柜台前遇到一位穿着整齐的年轻上班族，他进去的单间就是我的隔壁，虽然有隔音设备，但我能听到他以轰隆轰隆的巨大声音为背景唱的朋克，唱完一首又接着唱。若是在街上见到他，怎么也看不出这位面貌清秀、形象端庄的青年的声音如此浑厚有力。还有一次在新宿的KTV，我忽然听见一对男女用大声讲话，好似在吵架，后来我去续杯饮料时发觉他们是在练习剧本里的一小段。KTV唯一的问题是你得带着三味线，每次把它拆开放在专门的小箱子里方可带它出门，有点麻烦，而且蒙上皮革的三味线最怕潮湿，下雨天我不敢带它出门，还是能在自己的房间里练习就最好不过了。

　　三味线这个乐器的原型为中国的三弦，在元朝时代传到琉球群岛（后来的冲绳县），并被称为三线（sanshin），音箱正反面蒙蟒蛇皮，用手指或用水牛角做的假指甲弹奏。后来过了两百年，三线在室町时代传到日本本州中部的港口城市"堺"*市，这个时候名字不再叫三线，而改叫三味线，用银杏叶形的拨子弹拨琴弦。因为日本本州并不在蟒蛇分布范围内，人们试了各种代替品之后

---

* 堺（Sakai）：日本大阪府中人口和面积居第二位的临海城市。自古以来因位于摄津国、河内国及和泉国三国的边界，故成为一个商业城市。

发现猫皮比较合适，脂肪含量较多、有弹性，我小时候用的三味线也是蒙猫皮的，声音清幽，如珠落玉盘。而这些年随着爱护动物的概念逐渐普及，猫皮变得高价难求，于是除了上台表演等重要场合，练习用的三味线一般都蒙狗皮或袋鼠皮。听说以后凡是动物真皮都难以入手，已经有人开始研发专为三味线用的人工皮革。就如数百年前人们改用猫皮，现代人在试用人工皮革，这也算是顺应时势的一种传统的继承。

不管在日本或在中国，很多人一听"三味线"首先想到的是吉田兄弟[*]的"津轻三味线"或者冲绳的三线。[†]冲绳的三线旋律婉转动人、哀怨缠绵，可能和那里的历史也有关系，总让我感到有些悲哀。津轻三味线因其或急或慢的即兴弹奏被称为日本的爵士乐，在海外也颇有人气。它属于三味线中琴杆最粗的"太棹（futozao）"。我小时候用的三味线是比太棹稍微细一点的"中棹（chūzao）"，一般用来和古筝合奏，古筝弹旋律、三味线弹伴奏，这种形式称作"地歌"（jiuta），

---

[*] 吉田兄弟（Yoshida Brothers）：出生于北海道登别市，由吉田良一郎（1977— ）和弟弟吉田健一（1979— ）组成的津轻三味线二人组。

[†] 三味线种类：按琴杆的粗细可分三种，太棹（琴杆直径约有 27 ~ 28 毫米）、中棹（26 ~ 27 毫米）和细棹（25 ~ 26 毫米）。太棹一般用于义太夫（江户时代前期发展的舞台艺术，以讲故事为主，用三味线伴奏）或津轻三味线，中棹用于地歌，细棹三味线的声音比较细腻，适合用于长呗或简短的端呗等。

在关西地区比较流行。而我现在学的是"长呗（nagauta）"，使用琴杆最细的细棹（hosozao）三味线演奏。

长呗是以歌舞伎为母体的一种演奏形式，不过在战国时代末期的十五世纪，出云国（现在的岛根县东部）的巫女"阿国"创始念佛舞蹈（日后被称为"歌舞伎"）时，其伴奏音乐使用能剧的"四拍子"，指的是小鼓、大鼓、太鼓以及能管，而并没有现在用歌吟、用三味线来伴奏的形式。

到了江户时代的元禄年间（1688—1704 年），歌舞伎在江户繁荣昌盛，由盲人演奏三味线、歌吟的"上方长歌"也被采用到歌舞伎剧中，到了十八世纪成为专属歌舞伎的剧场音乐，同时被称为"江户长呗"。

歌舞伎属于男人的世界，不管是演员，还是小鼓、大太鼓、三味线等乐器的演奏者都是清一色的男性，作品内容有爱情、仇恨、悲哀与欢乐，舞台造景之美、服装之繁杂炫美往往令观众叹为观止，可谓江户时代的一大娱乐产业。到了江户时代末期和明治时代，"长呗"成

三味线的课堂，在长呗老师家二楼。老师的位置在右边，有时候她弹奏古筝跟我合奏。

为城市庶民之间最受欢迎的娱乐形式之一，男男女女拿着细棹三味线在榻榻米房间里，有的唱歌，有的弹三味线，也出现了"小呗""端呗"*等群众自娱自乐的民间音乐，曲目也丰富多彩。

如今，不管是长呗、津轻或小呗，三味线的学习者和相关产业还没有到面临绝灭的状态，但它又不是每户都有的乐器，和钢琴、提琴或吉他等西方乐器相比，在现代生活中接触到的机会并不多。据调查†，日本小学生参加的课外兴趣班以游泳为最多，排第二位是英语，第三和第四是书法和钢琴，而曾在江户时代最受人们欢迎的三味线，在该调查的结果中已经杳无踪影。我小学、初中的同班同学之中，也没有几个学传统乐器的。不过升入高中和大学之后又发现有名为"邦乐同好会"的社团，由外教老师指导三味线、古筝或尺八等各种邦乐器的基本演奏，还会去参观能乐、歌舞伎或文乐等传统艺术表演，他们对邦乐的整体理解比我深厚许多。

---

* 小呗（kouta）、端呗（hauta）：均为日本俗谣形式，与歌舞伎或能剧音乐相比，其表现方式更为生动活泼，曲子长度比较短。小呗一般用假指甲弹奏，端呗用拨子弹拨琴弦。

† 《2017 年孩子的兴趣班调查》，来自人力资源公司 Recruit 旗下教育网站 keikotomanabu.net，抽样对象为有上小学或该年龄以下的孩子的母亲，抽样人数为 927 人。

从小接触的古筝和三味线，我到十八岁为了"入试"（入学考试，相当于中国的高考）都放弃了，因为当时觉得这些在以后的人生中顶多只能当一种娱乐或爱好，和学习或工作等"重要的事"的关系不大。但在后来的海外居住期间，这个想法又发生了变化。

大学毕业之后我一直不在日本，主要在亚洲与欧洲各地生活，人们生活在别处时更容易碰上自我认同问题，我也并不例外，在海外经常想起小时候学三味线和古筝——均为日本传统乐器邦乐器（hōgakki，或称"和乐器"）——的日子，如与老师的短暂几句对话、每年过节时的寒暄、玄关处摆放的季相插花、路上的风景、三味线店铺的职人等，想念那些由一种传统价值观和文化构成的，不容易动摇的完整世界，也渴望自己能身处其中。

所以后来隔了二十年我回到日本，并在东京重新开始生活时，想学三味线也是情理之中。日本古筝我很喜欢，但有个难处就是这乐器有点大，其长度为六尺，约有182厘米。而长呗用的细棹三味线，其长度约98厘米，而且可以拆成三个部分[*]并放在专用小箱子里，去国

---

* 三味线的乐器本体由"天神"（缠弦的部分）、"琴杆"及"琴身"组成，便于收纳和携带。

内外均可携带。这几年带三味线去过的地方有冲绳石垣岛、京都、大阪、和歌山、北京、上海、成都、广州、台北、首尔等，到当地找人不多的公园或河边练习。有一天早晨，我在石垣岛的一个公园里练习三味线时，突然感觉到身后有人，略歪头看了一眼，原来是一位流浪的叔叔，衣着邋遢，身形消瘦，直觉告诉我这位叔叔应该不会害人。于是我继续弹奏，长呗的一整首曲子通常有十八分钟左右，他一直在原地不动，听完整首曲子后又安安静静地离去，整个过程中一言不发。那次在岛上还遇到不少有意思的人，比如专为学三线而来的东京女子，她没学过三味线，我对三线一无所知，我们互相介绍自己带的乐器，聊得相当愉快。还有一位来自北海道的中年男士，他一路骑自行车往南走，到了冲绳帮人家收割甘蔗，这样已经有好几个月了。我在公园的凳子上和他谈了半个小时，他曾经是上班族，"因一些原因"离职后决定去看看外面的世界，我没有追问他。最后他说："其实是时候该回去了。真不敢面对现实，但总得要面对的呀。"我祝他平安，他也祝我天天开心，我继续弹三味线，他骑车渐渐离去。

因为小时候带我的老师因年龄和身体原因已经不再教学，我回国后就得重新找新的老师了。学三味线，有津轻、长呗、地呗或边唱俗谣边弹的端呗等选择，研究一番后感觉自己比较喜欢长呗，虽然曲子比其他类似的三味线曲子长一些（因为长呗源自于歌舞伎），但同时由三味线来弹奏主旋律的"听点"多，弹奏起来也有劲。长呗曲子有弹有唱，但因为弹奏和唱歌的旋律不一定一致，自弹自唱有点困难，所以表演舞台上的演奏者也由专门弹奏三味线的"三味线方（shamisen-kata）"和负责歌吟的"呗方（uta-kata）"组成，你想学习长呗三味线，就得去找"三味线方"的老师才对，三味线方的老师一般不会教歌吟，反之亦然。

现在的长呗"家元"（iemoto/传统文化的世家），如杵屋、今藤或芳村，其创始人都是在江户时代或明治时代初期出现，后来分派并发展到日本各地，在他们的指导下在各地出现了不少民间名人，他们有的到江户拜师学艺，回到故乡之后为当地的文化兴隆做了不少贡献。我回东京后入门的一派也是其中之一，现在他们都有自己的官网，用

"三味线""长呗"等关键词即可搜索出来。有一位老师，他的"稽古场"（keikoba/教学地点）离我的出租屋不太远，坐地铁即可到达，之后发了邮件与对方约了一次免费体验。那次半个多小时的上课时间里我感觉到老师的性格比较合得来，教学方式也蛮细心的，于是上完课老师问我"怎么样"，我就说要入门。这位老师和我的年龄较接近，第一次拜访的时候我看见在他背后的小桌子上有个透明的塑料盒，里面有只天竺鼠在走动，应该是在门口碰见的小朋友养的，感觉这位老师也挺可爱，这也是当时我选这位老师的小小原因之一。后来天竺鼠被移走，我感到有些寂寞。

我这么快选出老师，而并没有去"货比三家"，其实是来自过去在台北教日语的经验。当时我有几位日语初级的学生，教学方式为一对一，过了一段时间我发现凡是很会挑剔的学生，比如对老师的年龄、性别、口音或上课使用的课本等方面要求太多的，一般很容易半途而废，有的还没掌握平假名五十音就不想学了。而有的学生对课本和老师要求都不高，不管怎么样先通读教材，整体感知至上。这类学生一般在上课期间会保持开心和积极的态度，除上课之外还通过动漫、电影或流行音乐等自己感兴趣的事情保持对日语和文化背景的兴趣，学得更快。

这个经验告诉我，学习这件事情不能对老师要求太多，尤其在刚开始学习的初级阶段，很多事情得靠自己学习，付出多少努力就学到多少。另外，到了这个年龄重新学三味线，我也没有想要成为高手或专业演奏者，在找老师之前反复考虑的是时间问题，自己在每天的生活里能否腾出练习时间，哪怕半个小时也可以，就是要让自己每天和三味线有接触。

教授三味线的上课方式应该每位老师都不同，也有的老师接受群体课，但一般还是以一对一为主，在榻榻米房间里老师和弟子相向跪坐，中间摆一个乐谱台或一张桌子。长呗三味线的曲子都带歌词，老师边唱边弹，我跟着他一起弹，遇到我不顺手的地方老师停手并指出哪里不对。一节课四十五分钟很快就过去了，如果没有好好预习只弹了一小部分就得下课，所以预习和复习还是很重要的，尤其现在不像小时候父母给你付学费，而是用自己赚来的钱学习，不认真才怪。每次当老师说"今天就到这里"，我就用棉布手巾把三味线擦干净，收拾指套和拨子，跪坐鞠躬然后离开。

记得小时候学古筝和三味线，每周上一次课，每次课为一个小时，每月的学费为一万日元（约合人民币五百元）。而这位新老师收费标准刚好是一倍，我隔周上课一次，每次一个小时，相当于每月两次，也是花费一万日元。其实这标准放在现在不算贵，我四岁的侄子刚开始学钢琴，一个小时五千日元。不过学三味线还需要入门费，付了这笔钱我就算成为他的弟子了。有点忘了新老师收了多少，应该也是几万日元，另外每年需要交两千日元的"年会费"。此外日本有送礼习惯，就像中国中秋节送月饼，日本每年有两个整个列岛忙着送礼的季节，分别是"御中元（年中送礼）"和"御岁暮（年终送礼）"。有人效率至上，干脆直接送百货公司的购物券，而我还是喜欢送实物，夏日一般会选水羊羹＊之类的当季和果子，冬日会选曲奇等西式点心或高级火腿，以便过年时段对方全家一起吃。

　　与三味线相关的费用还有一些，若音箱上的皮破了，就得请匠人帮忙重新蒙上，猫皮要八万日元左右（双面），而狗皮大约三四万日元。我用的狗皮过了近三年尚无损，应该还能用几年，而蒙猫皮的三味线虽然声音最好，但一旦受潮或时间久了就很容易破裂，尤其是六七月份的梅雨期间必须注意室内湿度。另外每年夏季的"温习会"费用也不菲，为其他乐器助演者的礼金、定制浴衣、排练用场地费等，总得准备十万日元左右。目前我能负担学费和送礼，而温习会的昂贵让我有些畏惧，不过俗话说一场表演相当于上一百节课，再过一两年我这个菜鸟也应该试一试上台表演。

　　因为小时候学过一点基本技巧，跟着新的老师学三味线，进步并不慢。首先学的是《松之绿》和《末広狩》，均为十九世纪中期的经典曲目，前者由第四代杵屋六三郎（长呗三味线流派的掌门人之一）

＊　水羊羹（mizuyōkan）：日本传统点心，由豆沙和凉粉制成。用小锅加热琼脂，
　　充分融化后倒入豆沙，搅拌后冷却。口感滑嫩清爽，适合在夏季的暑热里享用。

作曲，女儿袭名"杵屋"时为祝愿女儿出道后一帆风顺之作，典雅风格中能感觉到一丝哀伤，后者是笑剧狂言中的著名作品，这两者确实适合初学者，演奏时间比较短，十分钟不到。接下来学的作品都比较长，就要十五分钟到二十分钟，《小锻冶》是江户时代后期之作，描述的是京都的刀匠三条小锻冶宗近，和化身为童子的狐狸之打刀，锻造出的神刀因而得名"小狐丸（kogitsunemaru）"。

"小狐丸"这个名字，我一直觉得不太像是一把刀，每次练习这首曲子，我脑子里总会出现毛茸茸的小狐狸在神社周围跳来跳去的画面，《小锻冶》本身也给我一种奇幻小说的感觉。后来我去京都找朋友，早上散步时走到粟田神社，发现附近还有一所小小的锻冶神社，仔细看说明原来是祭祀三条小锻冶宗近。之后又得知在奈良也有名叫三条小锻冶宗近的老铺，说明总算能够寻访刀匠三条家的踪迹，突然感到千年前的故事和现代生活有一种小小的连接，不是《小锻冶》带有一种现实感，而是那个故事的奇幻性渗入我日常的现实中。

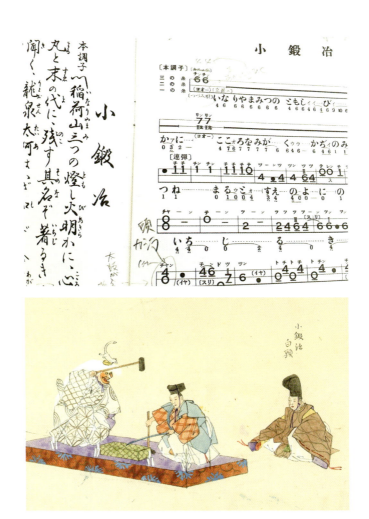

三味线的乐谱没有统一的格式，每个流派都有不同的写法。上图为
《小锻冶》的乐谱，三条线表示三根弦，阿拉伯数字表示按弦的位置。
下图为《小锻冶》中的情景，刀匠宗近和狐狸一起锻造一把刀。（由
立命馆艺术研究中心提供，编号：arcUP1486）

锻冶神社位于京都市东边的粟田口锻冶町，这一带从平安时代末期开始有道具制造工匠居住。

因该神社祭祀著名铸剑师"三条小锻冶宗近"和"粟田口藤四郎吉光"，这里成为
网页游戏《刀剑乱舞》粉丝们的"圣地巡礼"地点之一。

第一年学的还有《五郎时致》*《供奴》†《都鸟》‡和《雏鹤三番叟》§
等，看当时的记录，等于是不到两个月（上四次课）就学完一首曲子。
之所以学习进度飞快，一方面是因为练习得确实比较认真，另一方面
则是因离婚不久，尤其是到了傍晚天色渐渐暗下的时刻，心情总会有
些低落，这个时候我赶紧拿起三味线弹，不让负面的情绪待在脑子里。
到了第二年之后情况开始逐渐减少，但在傍晚练习三味线的习惯就留
下来了。这一点我还是感谢母亲多年前为我付出的努力，虽然她经常
用尺子打我的手指，特别生气的时候不给我吃晚饭，但多亏她的坚持，
我后来有了一个"基础"来让自己度过困难时期。那是什么样的"基
础"呢，是一种把控自己的方式，每天保持一个节奏，在某一个时段

---

* 《五郎时致》（Gorō Tokimune）：以镰仓时期的兄弟为父亲复仇的故事《曾我物
　语》为题材的作品，是歌舞伎舞蹈曲中的经典，作曲时间为 1841 年。

† 《供奴》（Tomoyakko）："奴"为在江户时代武家的男仆，该作品描绘早上睡过
　头的男仆追着已经往花柳街出发的大少爷的故事。曲子风格大方华丽又滑稽，在
　日本舞蹈中也颇有人气，作曲时间为 1828 年。

‡ 《都鸟》（Miyakodori）：都鸟指的是红嘴鸥，描绘在晚春到初夏江户的河流隅田
　川上红嘴鸥飞翔或在水面嬉戏的样子，也反映艺伎在人世间漂泊的心情，作曲时
　间为十九世纪初期。

§ 《雏鹤三番叟》（Hinazuru Sanbasō）：能剧中作为神事仪式的节目有《翁》，别称
　为"式三番"，其后面由狂言方表演的舞蹈被称为"三番叟"。从十七世纪开始
　歌舞伎也出现"三番叟"形式的各种曲子，《雏鹤三番叟》为其中之一。

你必须把其他事情都放下来去练习乐器。让孩子学到这一点、做到这一点并不容易，母亲必须牺牲自己的时间和精力方可。估计她自己也想都没想过在数十年后三味线会以这种方式来安慰女儿的心，但也许教育的目的就在于这一点，其实每个父母，谁也无法预测孩子以后的人生会如何，但教育（这里指的并非是知识）能为孩子多做些准备，以便他／她在以后的日子里能用自己的能力和方式摸索答案，并往前走。

　　讲到这里我想起一件事，想在此赘言几句。我跟中国朋友聊天，经常被问及一个问题："你为什么学这个（三味线）？"也有被日本朋友问过我到这个年龄学三味线，是不是为了有机会弹给外国朋友听，以便促进"国际交流"。也许我的弹奏水平有所提升之后会有为别人弹奏的机会，但这并非我的目标，甚至可以说，我学三味线并没有所谓的目标。

　　我们很多时候过于习惯考虑成本实效，凡是性价比高的东西就是好的，而最需要避免的就是没效率的事情，但这是在商业领域里的逻辑。据我所知，人生中的大部分事情，比如感情或突发事件，都无法用市场理论来讨论或解决。然而我们在学校教育（虽然我认为学校是最不能被商业理论所控制的地方）中被灌输的价值观通常过于实用，比如这个学科对自己的将来"是否有用"，那个同学对自己"好不好"，我的大学在世界所有大学中排行"第几名"。

而不能完全用商业理论来解读的很多"传统"的礼仪、习惯或技艺，从效率和市场竞争的角度来看不甚合理，所以在商业气息浓厚的现代社会，各种"传统"在地球上快速消失也不奇怪。但还有一批人，就如塞林格所说的"麦田里的守望者"，哪怕自己与社会格格不入，被认为是无能之人，也要守住自己的阵地。其实社会就需要这种人的存在，我也相信不管是在什么时代，人群中会有一定比率的人属于这种"守望者"。这些人不一定是指传统意义上的匠人或师傅，在我们身边的人当中他们也占据着一定的比率。

二〇一九年我参观了一次祭祀，深切感受到这类人的存在。那是位于日本中部的一个城市，他们有始于江户时代的传统祭祀，祭祀只在寅年、巳年、申年与亥年举办，等于是三年一次，他们从江户邀请长呗的师傅们，拉着载歌载舞的山车，前导是身着古典装束的女生舞队，应和传统乐器的吹奏声和歌声，边走边跳舞，山车两侧还有男子们用绳子用力拖着车豪迈前行。这个城市总共有十四个区，每个区都有自己的山车，一个山车先到神社敬献一段歌舞，之后便涌向街头继续古朴而欢乐的表演。

其实这个城市的现状与日本其他地方相比没有太大的差别，高龄化和少子化特别严重，一条很长的商店街基本都关门了，拉下铁链门的店铺比开门的店铺还多。曾经因农业发展起来的这个城市，现在还没找到特别有希望的发展模式，我在那生动而欢乐的祭祀夜晚里感到有些悲伤，他们哪来的钱能从东京邀请到那么多师傅呢？改天我在车站旁边的咖啡馆用餐，顺便把这个疑问抛给老板娘，面对这个外地人过于俗气的问题，她轻松回道："我们每户都会为这个祭祀攒点钱。辛苦倒是真的，但传统嘛，一旦断了就几乎无法恢复。"

她的声音和表情非常坦然，也带有一丝坚定和自豪，那是像我这种几乎失去了家乡的人无法展现出的态度，让人十分羡慕。那又是我在祭祀中在每个当地人身上看到的，不管是观众中的老人，还是拖车的年轻人，或者是在车前跳舞的年轻女子，他们都有的一种自信和自我认可。老板娘又说道，为了这三年一次的三天祭，当地的老年会和青年会开过几次会议讨论各种安排，到了暑假期间孩子们与妇女都在忙着学习舞蹈。难怪祭祀中的女子都跳得那么专业。

这次祭祀里，给我印象尤其深刻的是一个女孩。祭祀最后一天的傍晚，各区的山车一个个地出场，车上的小小空间里有近十位师傅在歌吟、弹奏或打鼓，车前有上百名居民穿着服饰表演，这是祭祀最热闹的一刻，观众也最多。不料，到第四个区快要出场时天空突然出现黑云，下了几滴雨水，没过几秒就变成大雨。那么多的观众不知道往哪儿躲，街道上还在坚持着的没剩几位，我跑到附近的屋檐下，大家都以为祭祀要停顿下来，等下完雨再继续。结果这第四个区的山车和舞队还是出场了。车顶上的四位年轻人在雨中依旧站在原地扬声道："各位观众，恭喜大家今年又能举办这么盛大

祭祀风景

的祭祀！我们为今天准备了《娘道成寺》*和《元禄花见踊》†，请大家欣赏！"

随着车上的师傅们开始弹奏曲子，从车里出现穿成"白拍子"舞女模样的少女，在车上的小舞台上开始跳起歌舞伎的名作《娘道成寺》的舞蹈。舞台上没有遮挡，我看见表演前的她被突然下起的大雨吓住了，流下眼泪，她肯定想到在大雨中，今天准备的一切，奢华美丽的衣服和妆容都要被淋得一塌糊涂。当然作为观众的我们也很心疼，我听到后面的阿姨小声自语："哎呀，不用演了，好可怜。"

她认真地跳完大约十多分钟的舞蹈，有时候歪头摆姿势，有时候身子往后仰，非常可爱，也带有艳美之感。她的长袖和服下摆长得拖地，在后面有穿着黑色和服的人不停地为她整理下摆，免得她被自己的和服绊住，这都是在下着雨的舞台上展现的风景，我们观众都似乎屏住气观望着这一切。等表演完毕观众都抬起双臂鼓掌，我也边鼓掌边想，刚才自己看到的到底是什么。我认为，那是一种冷静的疯狂，

---

* 《娘道成寺》：根据能剧《道成寺》改编，由第一代杵屋弥三郎作曲的歌舞伎作品（初次表演为 1753 年），也是长呗音乐之一。

† 《元禄花见踊》：第三代杵屋正治郎作曲，竹柴瓢助作词的长呗音乐之一，1878年 6 月于东京新富座歌舞伎剧场的开场仪式中初次表演。

把一件事情"玩"到底的决心。我继续关注舞台上的少女，表演中非常淡定的她，在大家的鼓掌中坐地鞠躬，原地转身，又向后面坐着的师傅们鞠躬，之后就泪如泉涌，泣不成声。看得出车上的师傅们也有点担心弄湿乐器，但还是端正姿势，开始弹奏下一首曲。

我们一般把人类称为"理性者／Homo Sapiens"，而我曾经在人类学课程里学到过，人类还有不同属性，如"制作者／Homo Faber""游戏者／Homo Ludens"等。这"游戏者"一词来自荷兰学者约翰·赫伊津哈的著作《游戏的人》（1938年），作者讨论游戏在文化和社会中所起的作用，也强调游戏在人类习性中的重要性。我们到什么年龄都需要玩一玩。花三年时间办一次祭祀、长这么大才学三味线，都是毫无效率的事情，搞不好还会耽误工作。但如果这些事情从我们的生活中统统消失，人生又有何意义？若没有为了这些无用的事情而拼的人，社会还能有趣吗？

最后想与大家分享我的另外一位老师的故事。我东京的小房间里有一棹*练习用的三味线。网购价格约为人民币两千元，琴料为花梨木，音箱部分蒙上不太容易破裂的狗皮，所以带到外地或海外时也不必太担心。但若要上台表演，很可能老师不让我带这棹三味线，因为按照习惯，上台表演时音箱必须蒙猫皮，琴料要用紫檀。我放在父母家的另外一棹就是可以在表演时用的，那原本是小时候带我的老师爱不释手的三味线。

虽然我十八岁后停止了上课，但和这位老师一直保持联系，每逢新年从海外寄卡片给她，她收到后打来远洋电话聊几分钟，这是我们每年年初的一种习惯。我决定搬离北京那年，我和她还是照样电话聊天，我顺便告诉了她最近发生的状况，她听完回道："是么……那也好，这样你就跟我一样呢。"听了她这句话我不禁笑起来，在话筒另一边她的声音也好像带着微笑，我们约好在东京找时间见面，就挂了电话。

她说的"一样"，指的应该是单身度日的状态，至于未婚或离异，对她来说好像没有太大差别。这位老师比我母亲大七八岁，年近八十，一生未婚，从事古筝和三味线的教学。她是东京郊区地主家

---

* 棹（sao）：三味线的量词。

的女儿，性格极为细心、温柔，长得又好看，因为小时候患上小儿麻痹症，小学毕业之前走路已经极为不方便了。幸好她在音乐方面有才华，也有天生的好嗓子，到初中时就获取了古筝和三味线的教学资格，之后的数十年一直在家教学过日子。教课认真、热情，又没有太大的野心要提高自己的地位，她一辈子为了培养喜欢乐器的人而尽力，听说有几位男士向她求过婚却一律被她拒绝。

我母亲是通过别人介绍找到她的，还记得我小时候上课老师经常给我准备小礼物，如一本画画用本子、印有卡通形象的铅笔或小小点心等，上完课就把这些小礼物笑眯眯地递给我，为的是鼓励小朋友。我还记得那画画用本子和那卡通形象，也记得那时刻的开心。有几次我在老师家里等候别人上完课的时候，老师的母亲端来一杯热奶茶给我喝，那是我这辈子喝过的最好喝的奶茶，我回家就要母亲做"和老师家一样的奶茶"，但母亲做的总是有点不一样，当然我也做不出来。当时老师的弟子还真不少，我上完课后面还有人在等着，每年秋日参

古筝老师和小时候的我

加的市民邦乐表演会上，每位老师会带至少十几个弟子表演，热闹得很。但后来学习传统乐器的人越来越少，其实我是老师的最后一个学生，在我之后就没有新的弟子入门，等老师七十七岁那年决定退休时，所剩弟子也就没剩几个了。

搬回东京后我马上与老师联系上，但我们总是无法约定时间，要么没空，要么天气太热或太冷，还有时候老师身体不适，约一次其实也不容易。过了大约一年，我终于能够去老师家拜访，时隔多年与她见了面。从车站走路到她家要二十分钟，路上风景发生了巨大变化，曾经上完课母亲经常带我去的甜甜圈店早就没了，变成一个停车场，我小学六年级时开业的大型时尚百货也不见踪影，换成一个公共文化设施，路边的荞麦面店和鳗鱼饭店也消失了，多起来的反而是杂货店、咖啡馆和手机专卖店，幸好我最喜欢的和果子老铺还在。老师家从外面看起来没有太大的变化，只是以前用来上课的房间，现在变成老师的寝室，里面放了一张电动护理床。给我做奶茶的老太太，十多年前已因病去世。而我的老师，虽然上了些年纪，但依旧美丽。唯一让我不太习惯的是她穿着普通的衣服，其实也穿得挺细致的，黑色裤子搭配浅色高领衫，再套上淡紫色的对襟毛线衣，但我从小看惯了穿和服的老师，还记得她穿着和服坐在古筝前的样子多么地好看。她说这也没办法，穿和服比穿普通衣服要花时间。"习惯了这种衣服的轻松，就无法回到和服了"，她笑道。

见面前一天，老师嘱咐我在附近的超市买两个便当，这样可以边吃边聊，于是我从车站走过来的路上买了迷你三明治套餐和照烧鸡肉饭。我在老师家里打开超市的塑料袋，问她想吃哪个，老师犹豫许久后选了三明治。"我吃得很少，三明治的话，吃不完就可以放冰箱"，她说完把两个便当刚刚好的钱硬塞到我手里。吃饭的时候她说正在进行"终活"*，因为她发现最近行动更为不便，和她关系要好的邦乐器匠人好像得了阿尔茨海默病，老师也怕自己以后都不会照顾自己了，于是从现在开始减少家中的物品，这样"以后"少给别人添麻烦。"你也知道，那位匠人以前很能干的，但上次我请他给三味线蒙上猫皮，蒙得一点都不紧，怎么弹都弹不出好声音。他的神情和性格也变了，

---

* 终活（shūkatsu）：指老年人为临终做准备而进行的各项活动，如安排后事、处理财务、表明对延命治疗的看法（接受或放弃）等，也包括对家中物品的整理。

毫无表情，说话也很少。"

　　老师整理的物品还包括古筝、三味线以及和服，和服统统送给曾经的弟子们，古筝和三味线卖给了邦乐器匠人们，据她介绍进养老院的费用超乎预料，而卖乐器的钱可以弥补其费用。老师有一架特别好的琴，声音好听不用说，手感舒适，弹奏不费力，就是好弹，好到其他老师们在外面表演时都向她借用这架琴。"我买的时候这架琴是一百八十万，乐器店主人跟我算便宜一点，最后一百六十万成交。你知道现在它值多少么，才四十万。"老师有个学生，是我的前辈，现在弹奏古筝的水平提升了不少，经常在东京国立剧场演出，老师问过她想不想要这架琴。而她的回答是自己也没有小孩，老了之后也不知道怎么处理那么好的古筝，老师您按您自己的想法处理。其实我也弹古筝，又不是拿不出四十万这笔钱，但既然比我弹奏水平高许多的那位前辈那么自律，要在这个时候蹦出来跟老师谈买卖，我实在说不出口。再说，学会克己也应该是学艺路上的一环。

　　"可是家里没有了古筝，您不会想念吗？"吃完便当，我在她的厨房里洗茶杯，这样问老师。而她的回复让我感到意外，她说一点都不想念古筝，这辈子弹了那么多，够了。她继续说道："我知道你们弟子们会希望我一辈子继续弹古筝，毕竟是老师嘛。但我呢，一直有个梦想，就是想弹弹电子钢琴，只是一直忙着教古筝和三味线，没时间。"她笑眯眯地说着，我只好点头说那现在就可以了，您有了点时间。

其实老师还有两棹三味线留在家里，她说是很好的三味线，不管是卖掉还是送掉，都觉得有点可惜，就放在二楼，想给我看看。老师家的二楼大间我很熟悉，有十六张榻榻米大小，小时候每年正月老师会在这里举办新年会，当时还有其他几个小孩，穿着新年和服一起玩耍，年龄大一点的弟子们就更多了，沿着墙壁竖着好多古筝，等着上台表演。而这些现在都没了。

上楼后我看见老师事先在榻榻米上摆了两个座布团（坐垫）和两棹三味线。老师拿起其中一棹，紫檀木材色泽发黑发亮，整个琴杆浮现"虎斑"（虎皮状模样），特别漂亮。她把它递给我道："很高兴你又开始学三味线，真是太好了。这棹三味线我送给你，好好弹，用你的生命弹奏它。这是棹好的三味线。"

之后她拿起另外一棹三味线，好像又想起了什么，停下跟我说道："这个猫皮蒙了很久，我托梅屋（老师家附近的三味线师傅的店面）帮我换一下，没想到他说这个猫皮品质好，不需要换。等你上台表演，看情况自己换哈。"

我点点头，拿起她刚刚送给我的三味线，我们两个在有黄昏的温柔光线射进来的榻榻米上并排跪坐着，一起弹奏了一曲《都鸟》。

代后记　　　　　　　　　在"小"和"大"之间

　　上个月我交了未来两年的租房火灾保险费用，付款方式很传统，把现金直接拿到房屋中介即可。住在这个八平米房间的生活已经迈入第五年，我坐在中介柜台前的椅子上等对方准备收据时，回想了一下在这段时间里周围环境发生的一些变化。

　　我第一次来看房时，记得这里的商店街相对比较热闹。为了迎接即将到来的七夕节（现在日本的七夕节是太阳历七月七日），店主们把几支竹子立在街上，小朋友们在五颜六色的长条诗笺上写下自己的愿望，我走在下面心情自然快乐起来。中介附近有一家本地超市，门口旁边堆满纸箱，里面放的都是今日特价菜，我经过的那天最受欢迎的是一颗五百日元的网纹甜瓜，好几个客人排在前面，年轻男性店员把甜瓜一颗接一颗地递给客人。再走几十米有一家食品店，有点像我在北京时最爱光顾的一家临期进口食品销售点，泰国的酸辣虾味方便米线、相扑火锅汤底或韩国海苔，比其他地方至少便宜一半。再走几步就到了十字路口，有一家开到晚上十点的连锁小书店。

如今这些都看不到了。在短短几年之间商店街变得萧条起来，每逢七夕节他们还是会立起竹子，但比以前少了很多。让我印象深刻的是现在变成了 7-Eleven 的本地超市，它宣布关门大吉的那段时间，我在收银台听到后面有一位老太太哀求店员，能否想个办法继续营业。这家小超市是大正时代（1912—1926 年）在此创办的百年老铺，到现在为什么要关闭，说起来很简单，因为斜对面新开了一家大超市。但从我这里到新超市必须过两次马路，车多，很危险，而且红绿灯跳得可快了，很多老年人根本赶不及，走到中间绿灯就开始闪。我喜欢的那家临期食品店在疫情期间忽然消失，书店关得更早，现在换成一家东京到处都有的，没什么特色，价格水平也一般的小超市。

还好，我在本书中提到的大米店、味噌老铺和荞麦面店，这些都还在。钱汤少了一家，但还有好几家可以轮流享受。但很难说一直会有。两年之后他们还在吗？再说，自己还会住在这里吗？

"这是您的收据"，中介柜台的一位女士把小纸条递了过来。她顺便问我房间有没有问题，我说没有太大问题，只是窗户框有点变形了，有一处窗户不好拉。她笑了，说毕竟太旧，搞不好整栋房子出现倾斜。我说可能是吧，也许应该再买一份地震保险才对。

回到自己的房间，变化倒不多。多了一台小型空调，只能制冷和除湿，但这台文明利器足够能让我在炎热的夏天勉强生存下来。这是疫情刚爆发时我所做的决定中最为正确的，当时我猜以后的夏天很难逃到海参崴。其他的布置或厨房设备与都筑先生来拍摄时没有太大差别，木门上层层叠叠的展览信息海报后来变得太厚，有一天终于扛不住重力作用脱落下来。结果门上重新出现刚搬进来那几个月贴的海报，让我一时万分怀旧。

看着过去贴的海报我回想起来，这个八平米房间确实给我带来除了金钱以外的许多快乐。因为房间的空间太小，洗衣、洗澡、娱乐或办公，这些该有的功能不得不转移到外面，这自然把我这个"宅"性特强的人拽出门外。靠着在这个过程中获得的缘分，疫情比较严重的那段时间我还跑到京都租了另外一个房间，享受到了观光客极少的古都氛围。京都那一间房间也非常简陋，但交通方便，是一个闹中取静的好地方，房租比东京的"四叠半"更加便宜。因为之前去京都基本都在旅游或出差的匆促行程中，它始终没能给我留下好印象。而这次有了一个房间可以安顿下来，我对这座"观光城市"的看法产生了根本性的变化。希望以后有机会写下那段时间的经历。

有时候，尤其是在拜访朋友家或在父母家"躺平"几天之后，就开始担心等自己回到八平米房间再也不习惯那个窄小的空间了。但每次拉开八平米房间的木门那一瞬间，又马上适应了，煮开水泡杯茶，打开收音机听英文广播 AFN，旋身四顾就想，其实也没那么小。当然，让我能够不那么在乎租房设备的不完善，是东京这个城市之"大"：看不完的展览和电影（以及各种优惠）、大大小小的图书馆以及其完善的查询系统（一般都是免费的）、各有特色的钱汤（虽然正在减少中）、适合进行人类观察的喫茶店（很可能你也正被别人观察）、允许你逃避现实的铁路和航空路线（小心影响工作），以及相当多的临时工的职位。

说起那份在新宿一家咖喱店的临时工工作，我偶尔还会去那里打打工。至于在那里认识的摄影师大叔，后来我减少了与他接触的机会，我们员工在网上共享轮班表，避开某人并不难。这主要是因为与他的聊天中对方无意识地（希望如此）表达的男尊女卑思想，让我有了少许抵触情绪。回到日本之后我经常遇到过类似的情况，面对与我同龄或比我大的日本男性时，这个几率会更高。我对他个人并没有太大的反感，实际上这是日本一向都有的社会性问题，我只是碰上其中一小部分人罢了。

从他那里买来的那幅作品，海参崴的冬日风景，依旧被挂在八平米的墙壁上。夏天它把一丝凉风吹进东京这个小房间，冬天看着它会让我更加心暖，我经常想象在冰冻的海上他们钓鱼的模样，他们喝的是热咖啡，还是伏特加呢。对那位摄影师在心态上产生的变化，不能说完全没有影响到我对这幅作品的感情，但我还是很喜欢它。这又引起我的思考，尤其是关于近年来在艺术界渐渐被揭露出来的身体或心理上的暴力行为，作者、导演或演员的人性和品位，到底该不该与他们的作品联系起来？

还是说一下这家咖喱店。从北京回到东京，连新的住所都还没找到之前，我先找了个打工之地。也说不上有特别的理由，就觉得除了写稿之外，自己需要有一个和别人接触的地方，毕竟离开了这么多年，在东京的朋友已经寥寥无几，我得靠自己重新建立起交友圈，也要找回在这座城市的一种归属感。这家咖喱店我之前来过几次，味道好，吃不腻，店里的装修和店主的性格一样朴素亲切，简单的一次面试后店主允许让我来做服务生，端菜、洗碗或收款，下班之前还提供工作餐，菜单上任何一份你想吃的咖喱饭都可以。大部分同事都比我年轻许多，但还聊得来，就这样一转眼过了五六年了。同事分为两种，和我一样拿时薪的临时工，还有拿月薪在厨房

作者所在的咖喱店内景

里工作的正式员工。

同事 T 属于后者。他年纪比我小四岁，却有丰富的处世经验：高中毕业后开始卖二手时装，从此开始对海外的旧货行业感兴趣，后来到美国深造，和哥们去拉斯维加斯玩，不仅花光了钱还借了一笔债。背负一身债务回到日本后，他做起了垃圾回收和货运工作，就如本书中《周五的成就感》一篇提到的，其实这些体力活在日本蛮赚钱的，他花了三四年把负债还清。之后有一天他去海边玩，不小心被海浪卷走，导致颈部以下全部瘫痪，但后来又奇迹般地康复了。然后不知道经过一番怎样的思考，他决定去学习做咖喱，我和他就是在差不多同时的时间开始在这家咖喱店上班的。

疫情开始前我经常在中国各地跑，有一次 T 托我从中国带回一种调料。买来之后他问我想不想吃甜点，我说太好了，我们就这样约在新宿一家喫茶店。那天我没有轮班，他上的是早班，说是中午时段过后会马上过来，结果等了半天也没见人，我已经有被放鸽子的心理准备，但最后 T 还是来了。

他比实际年龄显得年轻许多，不胖也不瘦，戴眼镜，留着胡子，声音特别好听，他在店里对每一个同事都是同样的态度，非常温柔。我们在喫茶店聊了两个小时，话题始终徘徊在咖喱、音乐和各自的生活，换到廉价中华料理店，我们点了凉拌菜、木须肉、煎饺、扎啤和炒饭，继续聊天。那天晚上他说起自己朋友少，他接着说的一句话让我印象深刻："我觉得一个人挺好的，其实没什么一个人不能解决的事情，你说呢？"

通过上班间隙的闲聊，他已经知道我的一些来历，也知道我住的是"四叠半"。他首先很诚恳又不失礼地提议我还是买个冰箱比较好，然后很好奇地问，你以前在北京居住时，到底是什么样的环境？

我在北京租的是在朝阳区的两室一厅，离开中国前的五六年时间，我和前夫一直住在那个小区里，七八十年代建成的职工住宅，没有电梯，但房间配有房东准备的家具家电，包括冰箱。小区里的菜市场麻雀虽小五脏俱全，进门拉开暖帘就有一个卖米卖鸡蛋的摊子，接着有五六家卖蔬菜的摊子和肉铺。继续往里面走有一家窄长的杂货店，再走几步就是另一个出入口。小区外面还有一家水果专卖店，每年十一月北京启动供暖，差不多与此同时，水果店开始卖糖炒栗子，味道极佳且比日本便宜许多，我天天去买。小区门口有一个报亭，我每周一次去那里买份《南方周末》。有一天发现他们开始养小狗，可能是因为当时中日关系还比较紧张，报亭店主为它取名"安倍"，但后来我听过他的妻子叫它姐姐，所以应该是母狗。

我和T所在的这家喫茶店，空间氛围好不惬意，周末的新宿难得有这么空闲的地方，宽敞的地下一层只有我们俩。T点点头，不知道我说的这些在他脑子里呈现的是什么样的北京。当然，关于北京，我还有很多没有讲出来的。

在朝阳区的生活突然宣告结束，我像一根被连根拔起的野草搬回日本。那段时间还回去过几次这个小区，主要是想看看当时养的一只猫，我总是选择前夫去上班的大白天去看。养了十年的白猫当然还记得我，但感觉越来越陌生了，我去看它时心情也逐渐平静起来。我环望四周，从日本搬过来的书、器皿和杂物，感觉这一切都很没意思。后来我选择了八平米的房间，并能住这么长的时间，可能跟那一时刻的醒悟有关：东西本身，并不能给你带来幸福。我抱着猫，站在阳台上可以看见几棵树，几个月前不知从哪儿飞来的一个黑色垃圾袋，被钩在这儿的一棵树上，另一棵树上有一个很大的鸟巢，我们管它叫"豪宅"。垃圾袋还挂在树枝上，只是看起来比较旧一点，在树枝上随风飘荡。"豪宅"没有一点变化，反正我从来没看见过那里有只鸟。这么简单的两处风景依旧还在，但以后我就看不到了。阳台上挂着前夫的衣服，其中有一双没见过的袜子，印有一个卡通形象，应该是女友送的吧。没有电梯的老建筑、阳台上的袜子，引起我的恻隐之心。谁不是那么脆弱呢，我们就是靠着这些细节，甚至是幻觉，顽强地找出快乐并继续往前走。我把猫放到地板上，跟它说再见，它瞪着眼看我，没有回应。那是我最后一次看见它，后来它被送走了。

其实 T 说的没错，这些只能一个人默默地去面对。疫情迎来第二年，T 离职了，说是租好了店面，但之后很长时间并没有收到正式开业的通知，我们都不敢发消息问他为什么，感觉也不应该去问。最近我从别的渠道听说 T 的店终于开了，我在网上搜了一下，点评数量还不多，但平均打分在四颗星以上，还有人留言"店主的声音令人沉迷"，让我会心一笑。我工作的咖喱店疫情过后也仍很受欢迎，有时候 Uber 的叫声不断，门口排起长队，忙得不可开交。所以后来我去那里上班没那么频繁，不是因为不景气或其他，只是跟自己的心态有关。靠它找回归属感的阶段该结束了。

就如在自序里所提到的，本书介绍的是八平米房间里的生活，也可以当作东京探索指南。现在翻阅文稿时我又发现，对个人来说，这是对离开中国之后亲手建立起另一种日常的记录。而这个过程中，八平米房间，以及东京这座城市的宽容性，都起了不少作用。我想把这本书悄悄地献给将要创建新生活的人。你的"小"不成问题，因为外面的世界足够大。

最后特别感谢都筑响一先生。得知我开始住八平米房间时，他的反应和其他人是完全相反的。"那真好！"说完他笑眯眯地点点头，他这种心理上的全力支持不知道给了我多大的鼓励。《东京八平米》用上了他来这个八平米房间拍摄时的摄影作品，使得它成为我最难忘的一本书。

2022 年 9 月于东京

吉井忍

虽然表情有点滑稽，但这是我最喜欢的一张。（都筑响一摄影）

图书在版编目（CIP）数据

东京八平米 /（日）吉井忍著 . -- 上海：上海三联书店，2022.11（2025.5 重印）

ISBN 978-7-5426-7865-2

Ⅰ . ①东… Ⅱ . ①吉… Ⅲ . ①随笔－作品集－日本－现代 Ⅳ . ① I313.65

中国版本图书馆 CIP 数据核字 (2022) 第 166061 号

东京八平米

[日] 吉井忍 著

责任编辑 / 苗苏以
特约编辑 / 黄平丽　黄盼盼
装帧设计 / 陆智昌
内文制作 / 陈基胜
图片摄影 / 都筑响一　吉井忍
责任校对 / 张大伟
责任印制 / 姚　军

出版发行 / 上海三联书店
　　　　　（200041）中国上海市静安区威海路755号30楼
邮　　箱 / sdxsanlian@sina.com
联系电话 / 编辑部：021-22895517
　　　　　发行部：021-22895559
印　　刷 / 山东韵杰文化科技有限公司

版　　次 / 2022 年 11 月第 1 版
印　　次 / 2025 年 5 月第 14 次印刷
开　　本 / 850mm×1168mm　1/32
字　　数 / 160千字
图　　片 / 107幅
印　　张 / 10.25
书　　号 / ISBN 978-7-5426-7865-2/I·1789
定　　价 / 79.00元

如发现印装质量问题，影响阅读，请与印刷厂联系：0533-8510898